那些往事

凌愉　刘李红◎著

新疆美术摄影出版社
新疆电子音像出版社

图书在版编目(CIP)数据

那些往事 / 文昊主编. — 乌鲁木齐 : 新疆美术摄影出版社 :
新疆电子音像出版社, 2013.10 （2015 年 4 月重印）
（亚洲中心文化丛书）
ISBN 978-7-5469-4428-9

Ⅰ.①那… Ⅱ.①文… Ⅲ.①散文集－中国－当代
Ⅳ.①I267

中国版本图书馆 CIP 数据核字(2013)第 244345 号

亚洲中心文化丛书　　文昊　主编

本册书名　那些往事
作　者　凌愉　刘李红
责任编辑　高雪梅
装帧设计　党红　李瑞芳
出　版　新疆美术摄影出版社
　　　　　新疆电子音像出版社
社　址　乌鲁木齐市经济技术开发区科技园路 5 号〔邮编 : 830026〕
电　话　0991-3773930
发　行　新华书店
印　刷　三河市燕春印务有限公司
开　本　787mm×1092mm　1/16
印　张　11
字　数　135 千字
版　次　2015 年 4 月第 2 版
印　次　2015 年 4 月第 1 次印刷
书　号　ISBN 978-7-5469-4428-9
定　价　29.80 元

目　录

纪晓岚情留天山

鸟语花香九家湾

那已经是两百多年前的事了。

清乾隆三十三年,即 1768 年,阳光明媚的 6 月中旬的一个上午,有一辆铺着毡子的六根棍马车,从迪化(今乌鲁木齐)来到西郊的九家湾。几个在果园里劳作的农民听到这叮当的马车声,转过身来,虔诚地躬身立在路的两旁,直到马车拐过路边的一座流水淙淙的小桥,驰进了这里最大的、围着围墙、里面有着几间瓦房的宅院,他们才诧异地抬起头,望着,猜着,细声地打听着——但有一点他们是清楚的,六根棍马车上坐着的来客不是一般的人。这六根棍马车,在新疆提督府里也只有那么三四辆,这么多年了,这六根棍马车进到九家湾的果园里,还是第一次。

这辆六根棍马车送来的客人就是在乾隆皇帝面前有“大手笔”的美誉,在皇宫册封为进士的纪晓岚。

当时的九家湾,是乌鲁木齐方圆百里内最美丽的一块地方。在绵延数十里弯弯曲曲的山野之中,到处流水淙淙,鸟语花香。据说从前这里住着九户人家,“九家湾”之名由此而来。

纪晓岚这时已 45 岁。他一生饱读诗书,20 岁考解元得了第一名,30 岁中进士。加之他官宦多年,走南闯北,是见过大世面的人。越过天山,到达乌鲁木齐后,在他的想象中,他不知要在这里熬过多少岁月的这边疆之地,一定是非常荒芜非常原始甚至是非常可怕的地方。谁知,他乘坐的六根棍马车一停下,展现在他面前的竟是一处可与江南景色相媲美的地方,顿时心里一下子亮堂了起来。

"这是什么地方？"他问身旁的侍者老六。

"这就是你居住的地方呀。"老六一面把他的行装搬到屋里去，一面禁不住到处张望着，赞赏着。

这时节，院子里的桃花、沙枣花、槐花都盛开着，散发出阵阵芳香。"啊！这里也有桃花……"纪晓岚走近围墙下的一个果农："老伯，这花这么细，这么香，是什么花呀？"

"这叫沙枣花……"年迈的果农看见这位大人向他走来，还喊他老伯，有点受宠若惊，急忙折下一束沙枣花弯腰双手递给纪晓岚。

纪晓岚接过沙枣花，不住地闻着，对果农说："老伯，这地方叫什么名字呢？"

"叫九家湾……"

"九家湾？太好了，我老家的村子与沧州毗邻，在黄河入海的故道旁，地名叫九河湾，今天这块地方叫九家湾，一河一家，都是块宝地，'九'这个数字，是个吉利的字，看来，我是有福之人了……"说着，他向果农深深躬腰："老伯，你该歇息一会了，请到我屋里坐坐，好吗？"他亲切地微笑着，在前面引路。

衙门"登记官"

送纪晓岚到九家湾的，是清政府派驻乌鲁木齐的总兵德昌。

当时的新疆，隶属陕甘总督杨应琚管辖。杨应琚觉得乌鲁木齐地广人稀，处于边塞要地，他向乾隆皇帝奏称："乌鲁木齐为新疆要区，拟将副将改为总兵，添设镇标中营及城守营，合原设左右二营，共成四营。"不久，清朝政府批准了杨应琚的奏请，并调山东文登营将德昌为乌鲁木齐总兵。当时的乌鲁木齐尚未形成城郭，但已经有居民500多户，随着兵员的增多，又从肃州、河西和张掖向这里移民800户，人丁逐渐兴旺起来，并围绕着乌鲁木齐四周建造了四座"卫星城"，其中西面15千米处的地方叫巩宁城，也即九家湾。

总兵德昌粗懂文墨，他接到清政府圣旨，要将一位进士纪晓岚贬谪到乌鲁木齐。他又听说纪晓岚这个人夜能视物如画，日能过目成诵，何况又来自京城，觉得不敢怠慢。他首先费心为纪晓岚寻找一块居住之地，选来选去，选中了九家湾这块地方。九家湾不但环境幽美，更重要的是这里有一幢建筑在果林之中的庄园。这庄园雕梁画栋，青翠屋顶，周围除了花草果树，还散居着几户农家，幽静之中又不觉得寂寞。安排妥当后，他听说纪晓岚甚为满意，就放下了心。接着，他便琢磨给纪晓岚安排个什么差事。给他个一官半职吧，听说他是犯了罪的，上面怪罪下来可不得了。可是，又不能总让他一年三百六十五天吃了睡睡了吃啊。

考虑再三，给他委任了一个差事——"鞅掌簿书"(简称"登记官")，按照现在的说法，就是政府来信来访办公室。每天接待告状的，送状纸的，诉苦的。不管来人来函，都要一一造册登记。这在当时是件非常重要的差事。然而，纪晓岚性格狂放，聪敏诙谐，喜好田园诗画，他哪里能天天坐在那里，在一条条的红条格子里去登记姓名、事由等等几乎大同小异的文字呢？尽管每天接触的是各式各样的人，他还是渴望着离开这个衙门，去参加一些田园劳动，能到民间去做些调查、访问，去接触百姓，接触实际，那是最好的。在一首诗中，他描绘他做"登记官"时写道："户籍题名五种分，虽然同住不同群"。他的这种心事很快被德昌察觉。德昌说："我是怕你寂寞，才给你这个差事的，你觉得不妥，那么，你就暂且住在九家湾庄园里，每天作作诗文吧，你也可以骑马坐车到外面去走走，去看看，你身边，有老六侍候你，我再给派几匹好马。你愿意干些什么，到什么地方去走走，完全是你的自由，你看怎么样呢？"

笑谈蒙冤

纪晓岚当了一个月的衙门登记官，暂且回到九家湾闲居。进了屋，只见文房四宝以及他的几箱子书都摆放在他的书案上，心里顿时感到非常高兴。想起他在北京虎坊桥的住宅书斋，有"阅微草堂"之称，便提笔写了"阅微草堂"四个刚劲的草体字，让老六悬贴在门额上。

老六年纪整 60 岁。50 岁时，他让人们喊他老五。这是个无名无姓，无家无亲的孤苦老人，在新疆生活了整整 50 年，他精通维吾尔语，熟悉新疆的风情地貌，他当过马夫，赶过骆驼和毛驴，在军队里当过骑兵。在平定准噶尔贵族集团武装叛乱中，他为清政府立下了战功，退役后被德昌留在总兵府当杂役。如今,德昌又指派他服侍纪晓岚。

纪晓岚望着这位身体粗壮的老骑兵,后来又了解到他的一些凄苦的身世。但是,老六在他面前总是躬身卑下,唯恐唯惊,纪晓岚喊他办什么事,他便垂手弯身听从吩咐,纪晓岚觉得,自己也是个凡夫,今后的日子要和这位老骑兵朝夕相处,不应该与他有什么隔阂。于是,在一个明月高悬,清风送爽的夜晚,便向老六主动叙说起自己这次蒙难来新疆的经过。他对老六说:"我犯的是'漏言'之罪。"

原来,纪晓岚的大女儿嫁给了盐运使卢雅雨之子为妻。这卢雅雨是纪晓岚多年的朋友,是位风雅人物。由于他的礼贤爱才和慷慨为人的作风,使得他家里总是高朋满座,宾客盈门。有时,就难免盈不补亏。于是,便有人向朝廷告密,说雅雨可能亏空公帑,建议查抄他的家,看有没有贪污公家的银两。

既是朋友,又是亲戚,纪晓岚岂能知情不管,考虑再三后,他想出了一个办法:将一些茶叶和食盐,装进一个空白信封里封好,连夜派了一个心腹送到卢家。卢雅雨是个聪明之人,他接信后久久揣测研究,最后明白了意思:"盐案亏空查(茶)封!"惊愕之余,卢雅雨把家资作了安顿。结果,奉旨执行查抄的人一无所获,两手空空。

但是,这件事还是被人告了密,乾隆知道后勃然大怒。按朝廷规矩,犯漏言(泄密)之罪的人,是要杀头的。乾隆爱惜他的才华,决定让他充军边关。纪晓岚自动摘下顶戴,跪在乾隆膝下说:"皇上严于法,合乎天理之大公,臣卷卷私情,犹蹈人伦之陋习,请予治罪。"乾隆招手让他站起来,只在案卷上轻轻批了几个小字:从轻谪戍迪化。

老六听完纪晓岚的叙说,竟一拍大腿,称赞道:"大人是位义气之人,这算什么罪呢!说不定哪一天皇上一句话,又把你叫回去了。"说着,他给纪晓岚的杯里添了茶,把装好的烟壶递到他手里。心里对眼前的这位大人更增加了几分敬意。

天山打猎去

白草黏天野兽肥,弯弦爱尔马如飞。

何当快饮黄羊血,一上天山雪打围。

转眼间到了夏末秋初，乌鲁木齐四周一片青山翠绿，瓜果飘香，老六鞍备两匹白马，又备了些干粮，领纪晓岚去天山打猎，让他消遣一下时光，宽松一下心绪。

纪晓岚虽然个性孤傲，但遇事却是个豁达乐观的人。谪戍新疆，西出玉门，遥遥数千里，茫茫戈壁滩，在漫长的征途中，他吟唱着王昌龄的《出塞》诗，饱览了衰草凄凄，大漠孤烟的塞外荒凉景象，特别是当他夜宿茫茫戈壁，瞪着眼睛望着遥远的繁星、残月时，心里不时涌起此去何日归的凄楚心情，更亲身体会到了"醉卧沙场君莫笑"的悲壮景象。生活苦一些可以受得了，最可怕的是孤独和荒凉。抵达乌鲁木齐后，除了受到热情的接待，还在风光如画的九家湾为他安排了住处。今天，他走出乌鲁木齐，在老六的陪同下，骑马来到这天山深处，感到这里更是有着一番别有美景的天地。他扬起手中的马鞭，白马沿着流水、花香、高高的密密的森林奔跑着，眼望广阔无际的天地，心旷神怡。在马背上，他便吟出了前面这首七言诗《打猎》。

天山是无垠的。

老六领着纪晓岚来到的这块地方，也就是今天我们所熟悉的南山菊花台和白杨沟一带。当时这一带原始森林非常茂密，野果、野花到处都是，充满着一种幽静的美。特别是那些野兔、黄羊、雪鸡和许多珍禽，随处可以见到，那些机灵的黄羊、野兔见了人一点儿也不怕，还站在土堆上等着你走近它哩。纪晓岚很快有了收获，他猎取了几只雪鸡和一只肥壮的黄羊。

不觉之间，纪晓岚在南山瀑布前怔住了——这飞溅的瀑布，高达百丈，咆哮十里，飞泻而下的水落入深潭，水花溅洒在纪晓岚身上、脸上，他感到格外的惬意。他下了马，对老六说："神奇，神奇，想不到这天山也有这么美妙的地方。"

老六说："我四十多年前来过这里，这水还是那么高，还是那么宽。只有这深潭，可能比过去要深得多，恐怕也大得多了。我还听说，前年有人把牛沉入这深潭，说是给水神送祭品，自这以后，这落下的水更欢了。"

"老六，我纪晓岚访山东，游安徽，住京都，巡江南，很少见到这么壮丽飞舞的瀑布。今天，我要谢谢你了……"

"要谢我，你不如作首诗，赠送给这山，这水……"

"好,在这么好的山水面前,我怎么能够不作诗呢,"说着,纪晓岚吟出一首七律:

青山倒影碧沉沉,十里龙湫万丈深。

一自沉牛答云雨,飞流不断到如今。

打 铁 炉 前

山水的美,不等于人间的美。

当纪晓岚离开南山,踏着晚霞归来时,他们路过碾子沟附近,被几个赤身抡锤的老铁匠迎进一间炉火通红、铁锤叮当的铁匠铺。这些年迈的老铁匠昔日都是与老六一起征战沙场的老兵,如今老了,不能跃马疆场了,被安置到这里打制兵器。这些老兵很艳羡老六,如今骑着高头大马陪着一位贵人游玩打猎,更敬仰大马上的这位气宇轩昂的官员纪晓岚。老六见到这些老兵,格外亲切,便对纪晓岚说:"我们在这里歇息一会吧?"纪晓岚点了点头,下了马,从马背上卸下一头肥壮的黄羊递到一位老铁匠手里说:"你看是煮着吃还是烤着吃呢,现在就动手……"这位老铁匠没有客套,弯腰接过黄羊:"老爷,现在炉火正红,烤着吃又香又鲜嫩,你看可好?"说着,吩咐另外一个老兵去拿酒。

伴着炉火,大家围坐在一起,吃着喷香的烤肉,纪晓岚很快了解到这些老兵都来自内地四川、河南、陕甘等地,他们在边疆征战几十年,如今都孑然一身,无家可归。老六告诉纪晓岚:"我们这批老兵共有796人,经都统准予随带家眷的只有191人,其余的都举目无亲,只好在这里打铁炼铁,开荒种地,苟延度日。"纪晓岚望着这些老兵,望着老六,心里难以平静。我们的国家,我们的边疆,为什么被弄成这样,被战事弄得无数的人家破人亡。所谓的打铁铺,实际上是个铁厂,80个铁匠全都是老兵,他们献身边疆一辈子,何曾享受到人间的温暖,如今老了,也只能与这些铁锤炉火为伴。打铁还好一些,炼铁就更难更苦了。他们放进1000斤铁矿,炼出的熟铁顶多只有10斤。为了10斤铁,他们要流下几斤重的汗水啊!

正说着,一位手提蓝色花布包袱的少女从铁匠铺门前走过,迈着缓缓的沉重的步子,向城里走去。一位老铁匠指着这位女子对纪晓岚说:"她是万里寻夫来的。她男人就是三年前来到这里的那批川军里的,她到处寻访打听,杳无音讯,怪可怜的。"纪晓岚循着老铁匠的手指望去,只见那个女子已经走远,但她手里提着的那个蓝色花布包袱,却在晚霞中格外清晰。

回到九家湾居室,纪晓岚心情好久也平静不下。他看到边疆生活的另一面,看到了人间的疾苦和凄凉。夜很深了,他还不能入睡,从床上又披衣而起,伏案写出一首《铁匠》诗:

边城东畔火荧荧,扑面山风铁气腥。

只怪红炉三度炼,十分才剩一分零。

万里寻夫女

在纪晓岚所居住的"阅微草堂"往西二里,有一座古建筑红庙子,当地百姓称之为关帝庙,是个庙会游览的胜地。

这天,纪晓岚一个人信步来到这里,只见这些庙院灰瓦朱墙,雄伟壮观,正殿供有"玉皇大帝"神位,左右配殿各有"风神、雨神、雷神、电神"之神位,与内地的庙院相差无几。他踏过山门,拾级走进大殿,只见殿内塑有一座"幽冥教主"的菩萨彩像,彩像两旁有两句横联:"安忍不动如大地,静虑深密如秘藏",大殿两侧各有长廊伸出去,大殿内和长廊里有许多善男信女在跪拜祈祷,抽签求福。纪晓岚觉得这里面的大小塑像,不管是"阎罗"还是"小鬼"的形象,塑的都是形体矮小,造形粗糙,远不如内地一些庙殿里的塑像精致逼真。他正这么琢磨着,只见一女人跪在一个塑像下抽签,她虔诚地念叨着什么,双手捧着一根竹签在昏暗的烛光下看着,神态既虔诚,又迷惘,她似乎对手里的竹签一时还不解其意,忽然发现身边有一位先生。她转过身来,恭敬地低着头,弯着腰,把手里的竹签双手递给纪晓岚面前:"恭请先生过目,指点仙人的意旨,我先给先生磕头……"说着,"嗵"地一声双腿跪在纪晓岚的脚下。纪晓岚正要扶她起来,突然见到她脚前放着的一个蓝色花布包袱,觉得这个包袱曾经在什么地方见过。他急忙从她手里接过竹签,说道:"请起身,让我好好为你看看。"在烛光下,竹签上却只写着一个"董"字。这是什么意思呢?他皱了一下眉头,轻声向这个女人问道:"你是不是有什么亲人在这塞外?"听了这一句,女人竟抬起头来,感激地望着纪晓岚,没有回答他什么,却企求着他再说些什么。

"签上只有一个'董'字,说明你的亲人在这千里之外。他从什么地方

7

来呢？应该是水草茂盛的地方。水草，加上千里，不就是这竹签上的'董'字吗？"

"先生所说极是，他……他从四川来。"

"啊！天府之国，水草茂盛……"纪晓岚说到这里才看清楚，面前的这个女人，不但年轻秀气，而且美丽端庄，身段窈窕，只是脸色有些憔悴，一副经历了许多苦楚，或者经历了远途跋涉的样子。他一眼又看到了她身边的那个蓝色花布包袱，才猛然想起，他前两天在铁匠铺歇息时，那个老铁匠指给他看的那个夕阳下从铁匠铺门口匆匆走过的女子。莫非就是面前的这个女子？

边塞何以风流

纪晓岚怎么也不会想到，当他回到他的"阅微草堂"居室时，在红庙子遇见的那位求签的女子正一个人呆呆地坐在他的屋子里，一脸的愁容，一脸的迷惑。

纪晓岚则更是纳闷，更是迷惑不解了，她，怎么突然出现在自己的卧室里呢？

原来，纪晓岚在红庙子里向那位女子讲解竹签时，被总兵手下的一位官员见到了。总兵这几天正发愁，这位京都来的谪官在总兵府当了一个月的"登记官"后，不愿干了，独自回到九家湾，陪伴他的只有老六那么一个老兵。他听说，像纪晓岚这样的文人，在京都总是出入诗场、酒社，狎妓嗜酒，风流倜傥。他正琢磨着是不是要给他选派个年轻女子，给他做点细活，陪他饮酒解闷。正在这时，手下的官员把他在红庙子的所见对他一番细说，又说："这位纪官人皇上还有旨意，让他担当我们乌鲁木齐的佐助军务，对他可不能怠慢。再说这女子确有几分姿色，很得纪官人的喜爱。"总兵听了，频频点头，让手下人认真办理。

这位千里来寻夫的女子，求了签，签上说她的丈夫还在千里之外，正觉得四顾茫茫，走投无路。一位官员把她叫去，叫她先去服侍一位官员，一方面赚点路费，一方面继续打听清楚丈夫的下落，这比到处流浪，到处求签好得多。把她送到"阅微草堂"后，这位官员在老六的耳根下嘀咕了半天，老六就把她安顿进纪晓岚的卧室。

此刻,纪晓岚把一杯热茶双手端到她面前,问道:"怎么? 对那支签你还有什么不明白的地方要问我? 你又怎么找到我这个地方的?"那女子便把她来的经过叙说了一遍,纪晓岚一听,啊! 原来如此,他禁不住哈哈笑了起来。

经过一番交谈和了解,纪晓岚知道这位女子叫徐小贞,家在四川乐山,新婚不到3个月,丈夫便从军到了新疆。几个月前还有家书来往,不料上个月徐小贞的村子被一场大水淹了,丈夫的家信也随着那间茅屋一起被大水漂走,村里的人到四方流浪,她只好打点包袱,千里迢迢到新疆寻找丈夫,她先到丈夫驻扎过的巴里坤,听说部队开走了,她又来到这乌鲁木齐……

纪晓岚听完她的诉说,立即把老六叫来,对他说:"你把那两只雪鸡杀了,和雪莲炖在一起,给她补补身子。"说完又吩咐他:"你搬到我屋里住,陪着我,你的屋子腾给小贞住……"老六说:"上面一再叮嘱我,要我安排她住在你屋里……""不!你照我说的办。"说完,纪晓岚提着小贞的花布包袱,领着她走出卧室。

忆 初 恋

把小贞安顿好,纪晓岚躺在床上久久难以入眠。窗外远处是白雪皑皑的博格达雪峰,在明月下银光闪烁,近处是淙淙流水和那散发着阵阵芬芳的沙枣花。徐小贞千难万苦,万里寻夫,她对爱情是那样的忠贞和执着,她需要歇息,需要人们的帮助,还有漫漫征程在等待着她。夜,越来越深了,不知为啥,纪晓岚想起了自己的爱情和家庭,想起了那动人心魂、最令他难忘的初恋,啊! 人生谁能忘记自己的初恋? 不管是甜美,或者是苦涩……

那是他17岁那一年,他跟随父亲从京师回到了离别五年的家乡。进了村子,他没有去玩山看水,没有去寻访少年时从床上滚到地下的小屋,却在村口的小河边找到了他日夜想念的文鸾。两人站在河边,都怔住了,也几乎不认识了。他俩常常在这条清清的小河里捉虾摸鱼,拾拣那河里美丽的小石头——那时他才12岁,她才10岁。如今,五年的岁月匆匆而去,他17岁了,文鸾15岁了,她变得像只美丽轻盈的花蝴蝶,散发着少女的青春气息。

"昀少爷……你……"（纪晓岚学名纪昀）

"你为什么叫我少爷……"

"你变了……"她羞怯地望着他。

"不！我来看你，我要把你带走……"

"我是说，你变高了，变成大人了……"

文鸾只是纪晓岚四叔粟甫家的一个小婢。但她聪明伶俐，柔顺可爱，成了他的好游伴。那是些多么纯洁美好的日子啊！那是一个炎热的中午，他和她在这小河边不远的那棵梧桐树下掏麻雀，两人悄悄地、聚精会神地，掏到了一只小小的麻雀。忽然，不知从哪里卷起一阵大旋风，接着下起了大雨。风雨越来越大，卷起了地上的杂草碎叶，眼看文鸾几乎被大风刮倒，晓岚一把抓住她的手，猛地拉进了自己的怀里……风慢慢停了，他的心，比小麻雀在他怀里还跳得厉害……

此刻，他又见到她了，又在一起了，他多么的高兴，他伸出手拉她："走！回村去，到我家去，我爸爸也回来了……"

但是，她把手缩回去了，只是望了他一眼，幸福地跟在他后面，走过小河边；走过那梧桐树，走过那许许多多他们一起玩耍过的地方。

聪明的、已经 17 岁的纪晓岚，说服了父亲，说服了四叔，把文鸾带回到京师，带到自己的身旁。

那是些多么难得的、年少春衫薄的好时光啊！这样的时光，能长久吗？

梦 妻 儿

美丽温柔的文鸾姑娘在纪晓岚家里，与他朝夕一起，共同戏耍，度过了一段美好幸福的日子。谁知世事多变，不久文鸾的嫡母患了重病，瘫痪在床，她的哥哥文驹来到纪府，要求让她回家去照顾母亲，文鸾的哥哥文驹是个不务正业，留恋赌场的浪荡子。文鸾闻知嫡母重病不起，即动身赶回到她的身边。

谁知文鸾这一去竟一别三年，她仔细地服侍着母亲，母亲缠绵病榻三年之后撒手西归，她办完母亲的丧事，已是 19 岁的大姑娘了。

在这三年中，晓岚拗不过父母之命，媒妁之言，与一位当地望族马周篆的女儿结为夫妻——在那个时代，即便文鸾不离开他，也不可能与他婚配,因为她只不过是一个奴仆。然而,纪晓岚却日日夜夜地思念着她。第二年,即乾隆九年,岁逢甲子,马氏生了个儿子,晓岚又通过了岁试,成为秀才。在这双喜临门的时刻,晓岚向父亲恳求将文鸾接来,收娶为妾。父亲深知儿子与文鸾姑娘青梅竹马的感情,同意了他的要求。然而,文鸾却是个外表温柔内心刚烈的女子,她得知晓岚已婚并当了父亲,只不过把她接去当他的侧室,悲愤交加,很快忧愤成疾,一病不起。自古红颜多薄命,晓岚正要动身去接她,她却已香消玉殒了。

此后,纪晓岚也大病了一场。他痛哭他曾经一往情深的红粉知己,竟无缘与他共享荣华富贵,把对他的深情与悲恨一起带到九泉之下去了。

这位马夫人,出身大家,不但美丽端庄,且知书达礼。她虽然婚前与纪晓岚从未谋面,但对晓岚和文鸾的这段感情,非常同情理解,让他娶她为妾。如今文鸾香消玉殒,已不在人间,她更加百倍体贴晓岚,用自己灼热的爱医治他心灵上的创伤。不久,她又为他生了两个女儿,一家人倒也十分融洽。

回忆起这些,纪晓岚觉得自己现在独身一人,谪戍边关,几分的凄楚,几分的可怜。越在这个时候,越是思念起自己的妻子和儿女,自从抵达乌鲁木齐后,他曾给家里写过一封沉甸甸的信,不知妻儿是否收到……夜已三更,流水,小屋,雪峰,都寂静下来,睡着了,他也慢慢地进入了梦乡。在朦朦胧胧之中,他看见一位面貌娟秀,温柔娴雅的女子款款向他走来,他禁不住伸出双手,迎了上去:

"你……你是文鸾吗? 你看我来了……"

"不! 老爷,我是小贞,我向你请早安来了……"

"啊! 小贞姑娘,是你,昨晚睡得好吗? 这几天你应该好好养息,我已经打发人去打听你丈夫的消息,有了消息后你再起程不迟。"到这时,纪晓岚才明白,天已大亮,而昨晚一夜,自己并没有好好睡着过。

废 除 鬼 牒

小贞经过几日的调养休息,精神好了,脸色也红润了。老六说,经过再三打听,得知小贞丈夫服役的那支军队在北疆伊犁一带,一部分人在垦荒守边,一部分人在与外侵者打仗。小贞听说后,更是心急如焚起程要走。纪晓岚没有挽留她，只是叫老六给她拿了30两银子，备制了几件衣物，便送她起程。小贞跪在纪晓岚膝下，说："老爷，我会有报答你的那一天的，我愿意做你的牛马……"

送别了小贞，纪晓岚坐六根棍马车进城，在总兵府阅读一些军务文件。身负佐助军务之职，尽管他对这些不感兴趣，不愿参预，但对国务上的大事他要了解，要有所掌握，这也是对皇上的一种效忠。在城郊的一个兵卡，纪晓岚见有些驴马车，还拥集着许多好像是内地来的人，"他们在干什么？"他问老六。老六说："这里是发放鬼牒的地方。"

"什么是鬼牒？"纪晓岚让六根棍马车停下来，他上前了解。原来，这几年边疆多灾荒，多战事，战死病死或者瘟疫而死的人很多，他们的亲属千里迢迢来收尸，收取遗物，带回内地的故乡。不知从什么时候起，这里便形成了一种给死人发鬼牒的规矩，也就是给死了的鬼魂发放通行证、文件之类的东西。"凡客死于此者，其棺其遗物归籍，得给牒，否则魂不得入关……"纪晓岚一打听，买张鬼牒，要白银20两。这不但是一种迷信的宣扬，而且是下层官吏利用迷信对死者敲诈骗钱，这更是不应该的。

"你们发放鬼牒是怎么规定的？"纪晓岚问一位兵卡上值勤的曹营。

"过去是嘉峪关以外必须持有鬼牒，前几年改为玉门关以外，从今年开始，上面又规定凡出星星峡以外，都得有鬼牒……"

到了总兵府，见到了总兵德昌，互相一番寒暄客气后，纪晓岚便谈起他见到买鬼牒的事，直言问德昌："总兵大人知道这些事吗？"

知道，不过这些事是在我还没有到乌鲁木齐任职前就有了的。"

"那么，你在山东任职时，那个地方有这种事吗？"

"山东那地方可没有关内关外之分啊！"

"对了，这正说明这边疆遥远，多战事，多疫情，多灾难，百姓的苦难更多。内地来的人为边疆送了命，我们还忍心在这些死了的人身上索取钱财吗？"

"你的意思是……"

"新疆和内地，关山远隔，我们需要更多的人来来往往。我在皇室任职时，周游四方，只知道有文牒、官牒，从来没有听说过鬼牒，我看这个规定应该取消，应该废除，对死者的亲属给予慰抚，你说呢？"

"当时可不是我做的主呀……"

"正因为不是你做的主,现在正好有一个表现你开明和对他们慰抚的机会嘛!"

"说的也是,我现在就派人去把这些兵卡撤掉。"

衙 门 欢 宴

总兵德昌一面打发人去撤掉发放鬼牒的兵卡,一面挽留纪晓岚:"今天我设了便宴,请纪官员就在我这里留宿吧。"

"是什么缘故。在这个时候摆座设宴呢?"

"纪官员,不瞒你说,上次为你洗尘,好像你并未尽意,今天我再补上。再说,我们总兵府有位掌马官要离开乌鲁木齐到开封府养病,正好为他送行,这样,我们一起热闹一番,岂不很好?"

纪晓岚见总兵甚为热情,又见他处事爽快,当即撤了发放鬼牒的兵卡,心里也很高兴,所以他没有推辞,在人们的欢笑客气之中,他走进了宴席。

酒未过三巡,一位下人捧着一封信来到纪晓岚眼前,他接过一看,是封家书,是他的堂弟写来的。信中没有什么要事,只是告诉他,乡下的邻居盖房子侵占了他的一道墙,问他怎么办?晓岚看罢,豁达地哈哈一笑,把信给身边的总兵德昌看:"这样的事,我要在京都他们是不敢的……"德昌说:"你可以给皇室的人写封信,你的邻居岂敢还那么做。"晓岚又哈哈一笑,说道:"人生不过百年,区区小事,何必去计较它,请拿笔来,我这就给堂弟回封信。"说完,他接过下人递来的纸笔,信手在一张信纸上写下四句诗:

千里寄书为一墙,让他一墙又何妨,

万里长城今犹在,何处去寻秦始皇?

写毕,他交给下人封好送走。然后他端起一杯酒,说:"来,各位,今晚让我面对天山明月,敬诸位薄酒一杯……"

纪晓岚的才学,在座的人早有所闻,此时亲眼目睹他豁达大度,诙谐有趣的诗文提笔而来,而且对席上的各式人等都彬彬有礼,大家对他更增加了几分敬意。那位掌马官已听说纪晓岚诗词对联名扬四方,此刻他借着几分酒意,指着桌上的满桌酒菜,对纪晓岚说:"这桌酒、菜、饭齐全,请你是不是随便指一样东西题首诗,也好为我们助助兴。"纪晓岚说:"桌上的东西倒不少,但尽是些山珍海味,青菜老酒,这些东西古今的文人墨客作的文章实在太多了……"正说着,一位侍者端着一盘鸡蛋从他们身旁走过,掌马官伸手拿过一个鸡蛋,对纪晓岚说:"就以这个鸡蛋,你能作几句诗?"

纪晓岚接过鸡蛋,微微一笑。他心里想,饮酒作乐的场合,要作诗也只能诌几句打油诗,何况出席的客人也并不高贵,认真作几句深奥一点的,他们还不一定听得懂。于是,他接过鸡蛋,轻轻在碗边磕了一下,打在碗里,然后说道:"混沌乾坤一壳包,也无皮骨也无毛。老夫送尔西天去,免在人间挨一刀。"刚说完,掌马官一拍巴掌:"好!真乃名不虚传,下官敬你一杯……"说着,他斟了满满一杯酒,双手捧到纪晓岚面前:"请喝下这杯酒,下官还有一件薄礼送给你……"

友人赠烟袋

纪晓岚的诗文才华,在宴会上并未显露,他只是信口说了几句打油诗,已经引起席上人的惊叹和敬仰。这位掌马官,按现在来说,是位骑兵司令,行武多年,性格豪爽。他对纪晓岚说:"我的祖籍也是应天府上元县,我和你是同乡了。在这个边塞之地能结识你,是我的大幸。今天我给你赠送一点薄礼:一套烟袋,不知你是否喜欢?"

纪晓岚精神一振:"这么说,你知道我是个烟鬼了?"

"不,我看你抽烟的姿态、品味都很考究,其实,抽烟也是很有学问的哩!"

"不错,我嗜烟胜于嗜酒。"当他接过掌马官赠送给他的这套精致的烟袋时,欣喜之意溢于言表:"那我就不客气,收下了。"接过烟袋,把烟锅装满,他深深吸了一口,吐出一朵烟云,飘在筵席上,慢慢变成一座小小的楼阁,楼阁上的门窗栏杆,都历历可见。见此情景,在座的人无不惊愕。总兵德昌双手向纪晓岚一揖:"我7岁学抽烟,至今快50年了,今天看你抽烟,我甘愿当你的徒弟了……"

其实,他们哪里知道,纪晓岚烟瘾大,烟抽得好,抽烟时能变出千奇百怪的形状,不但闻名皇室,而且在京都几乎无人不晓。他家里常备有多种烟袋,由青铜、黄铜、玉石等不同的质料做成。这次贬谪新疆,走时匆匆,好的烟袋没有带在身旁,他正发愁在乌鲁木齐能不能订制一个好点的,掌马官却雪里送炭,送了他这么一套精致的烟袋。这烟袋黄铜所制,熠熠闪光,不但雕刻着一些逼真的龙纹和山石,手握处还用绒线编结了套子。随烟袋那一大把抽烟用的纸煤,都卷得不粗不细,像一根根筷子,一吹即燃,一挥即灭,吸上一口烟,烟袋中的水"咕噜咕噜"的作响,均匀动听,他不禁赞叹了一声:"好烟袋……"

德昌见他高兴,又双手一揖:"刚才大人抽烟的绝技我们见识了,是不是请为我们再献技一二,让我们再开开眼界?"

"那么,我要再弄点小玩艺,为大家助助兴,同时也向掌马官表示一点谢意。"说着,他装满一锅烟,点燃,深深吸了一口,把嘴微微张开,只见两只白色的仙鹤从他口中轻轻飞出,在屋内飞翔,接着他吐出一个一个圆圈,那仙鹤从这些圆圈中穿之而过,飞舞往来,如仙如幻。正在大家目瞪口呆之时,只见他缩了下脖子,轻轻咳嗽一声,吐出一根烟柱,立在屋中,那仙鹤,那圆圈,围着这烟柱慢慢飘动,过了好半天,才烟消雾散。

夜 深 沉

德昌的酒席,掌马官的烟袋,都不值得纪晓岚迷醉。但作为被皇上贬谪为有罪的人,在这里受到文臣武将的友好相待,这使他精神上感到几分欣慰。掌马官在与他揖别时,还有相识恨晚之情:"我在开封府养病一个时期就回来,到时再请你到寒舍饮酒,一起品味品味水烟,怎样?"纪晓岚说:"那我在这里翘首以待了。"

回到九家湾的"阅微草堂"内,纪晓岚又变得闷闷不乐,这不但是由于他觉得孤身独影,身边只有一个年迈的老六为伴,更重要的是,诸多不顺心的事时时袭上心头。特别是在寂静的深夜,面对着一盏孤灯,想起自己少年得志,青年时代就以才学超群而风云京城,备受皇上的器重。如今被贬谪在这千里之外的边城。还有自己的妻儿父老,是不是都身体康健。大女儿和大女婿卢荫文以及受自己袒护的亲家卢雅雨,会不会因事发和自己的贬谪罪离京而受到株连?寄去已久的家书怎么迟迟未见回音。想起这些,他心里很不安宁,禁不住在屋内走来走去,消瘦的身影在墙上晃来晃去。老六轻轻走了进来,说:"大人,这么晚了,怎么还不安歇?"纪晓岚说:"你快出去休息吧，不要管我。"老六叹了口气："当初听我一句话，把小贞留在你身边，该多好……""不要说这等糊涂话，快去睡觉吧……"夜更静，更深沉了，纪晓岚坐下来，展开纸笔，他想给皇室甚至乾隆皇帝写封信，写些什么呢？是禀报自己在乌鲁木齐也在歌舞升平之中，还是申诉自己罪不当罚，怀念皇宫的荣华。不！他又想给爱妻马夫人以及长女，还有已经在广东任县丞的三子写封信，除了对他们的思念之外，还能写什么呢？唉！国事家事，要紧的还是眼前事。他提起笔来，决定给总兵府写封建议书：一、内地遣送新疆的400名遣犯，境遇极差，几乎到了衣不蔽体，食不果腹的地步。这种倍加虐待苦役之事需要改变；二、乌鲁木齐土地干旱，雪水流失，农业作物一年比一年欠收，农民播下的种子只能收回三四成的粮食，他建议尽快修建一个水库，既可蓄水，又可防洪，造福于国家，造福于人民……夜深沉，他的心情却难以平静，建议书写起来似乎纸太薄，意还长。

咏葡萄·雪莲

纪晓岚从皇室免职贬谪乌鲁木齐，任命佐助军务，实际上类似今天顾问的角色，他可以签署一般的公文。但他已厌烦官场，除了在九家湾他的"阅微草堂"读书养息，侍弄诗画之外，有点空闲他便深入民间。他对乌鲁木齐的地形、道路、建设、园林，对农村各种庄稼的种植、施肥、浇灌、收割甚至产量和粮价都作过认真的调查。特别是对于他在内地很少见到的一些瓜果、野生植物等，更有着特别的兴趣。他尝了吐鲁番的葡萄后，赞不绝口之余，还亲自向哈密国王苏来满细细打听栽种及保管葡萄和哈密瓜的方法，记载下来："西域之果，莫盛于吐鲁番葡萄……"这么好的东西，怎样保管呢？他记载道："……绿色乃微熟，不能甚甘；渐熟则黄，再熟则红，熟十分则紫，只熟至六分有奇……"他当时的这些记载，到今天仍有一定科学道理。有一天老六拿来一株晒干的雪莲给他泡酒。他便请老六带路，非要亲自采摘到新鲜的雪莲不可。他背上干粮和一葫芦水，在博格达雪山下弃马登山，经历了千辛万苦，踏遍了博格达峰北坡的半个雪山，终于在半山腰向阳的一块坡地上采摘到了两株又大又鲜嫩的雪莲，他欣喜若狂，回到九家湾还捧着观赏，又插在雪水里养了好几天。然后，他向老六请教，向九家湾的老果农请教，写下了雪莲的纪实性篇章，对雪莲的生长、形状和药性作了翔实的描述。他写道："塞外有雪莲,崇山积雪中……其生必双,雄者大,雌者小……相去必一二丈。见,再觅其一,无不得者。……此花生极寒之地,而性极烈,二气有偏胜,无偏绝……浸酒为补剂,多血热妄行……益天地之阴阳均调,万物乃生;人身之阴阳均调,百脉乃和……"他的这些记载和见解,二百多年后的今天仍有价值,仍然引起医药界的重视。可见纪晓岚对祖国自然界的热爱,对每一件小事的认真和细微。他觉得负罪在身,不愿参与政事,但他的乐观精神,不在逆境中消磨意志,正是他正直豁达,孜孜好学的写照。

北 疆 行

在乌鲁木齐周围,纪晓岚访昌吉,察奇台,游水磨沟清泉,登博格达雪峰,日子过得倒也逍遥自在,同时也体察了当地风情民俗,物产民情,写下了大量的诗文和日记。

他又和老六商量,决定作一次北疆之行。老六精心为他挑了几匹好马,备了一辆搭好篷子铺好和田地毯的马车,雇了两位马夫,离开乌鲁木齐到伊犁去。马车在漫漫古道行走着,天高云淡,纪晓岚感受到新疆的大地是如此的宽阔壮丽,特别是进入准噶尔大盆地后,那悠扬的歌声,那驼铃的叮当,都令他在茫茫戈壁也不感到寂寞。但是,他亲眼目睹了这里大片大片的土地是荒凉贫脊的。在吉木萨尔,他停留了三天,踏勘了这里的一座唐城,并受当地官员的恳请,为他们选定了一块军事基地。在走过一个古烽火台后,见到一大片足有数百亩的红柳滩,纪晓岚在这一望无际的红柳丛面前惊诧不已。同时他也发现,亲眼所见的这大片红柳,并不是他平时想象中那样似火一样的一片红霞。为此,他当时题写了《红柳》诗一首:

依依红柳满滩沙,颜色何曾似绛霞。

若与绿杨为伴侣,腊梅通谱到梅花。

在这塞外的红柳面前,他想到了家乡的杨柳和梅花。腊梅和梅,一落叶灌木,一落叶乔木,是亲属关系。纪晓岚用这种灌乔互通家谱关系,比喻这里的红柳与家乡的杨柳就像腊梅与梅的关系一样,是亲属关系。寄托了他对塞外的热爱和对故乡的思念。

到了伊犁,纪晓岚处处见到人们在打井,几乎军民全体出动。他问一位统管 150 名士兵在打井的老年佐领:"你们打了几天井了,有水吗？"佐领说:"打了一月有余了。"说着,这位佐领指着一棵高大却又接近枯死的老树对纪晓岚说:"戈壁皆积沙无水,故草木不生。这城中老树,苟其根无水,树岂得活？"纪晓岚进一步了解,知道这里土地是肥沃的,只是这城里的人多少年来习惯于在河渠里汲水,从来不打井。河渠里一干涸,水源就断了。前几年官府动员军民修建过一个水库,但由于水库的堤坝都是用沙土堆积,不是存不住水,就是堤漏水泄。他决定到将军府向官员陈叙自己的见解。

千里有知音

对于纪晓岚的到来,伊犁将军府的将军和文武诸官免不了一番盛情款待。在一次热闹的宴席后,伊犁守备吴士胜端出砚笔,对纪晓岚说:"纪大人是翰林院侍读学士,才学超人,我们久闻而难得一见,今日有幸亲临敝府,如能留下点滴笔墨,将是下官之大幸……"纪晓岚微微一笑,然后略一斟酌,说道:"伊犁缺水,处处有人打井,我就以我对这件事的所见所闻题几句诗,让你们见笑了。"说毕,他提笔写下了下面四句话:

良田易得水难求,水到深秋却漫流。

我欲开渠建官闸,人言沙堰不能收。

吴士胜一看,脸一下红了,心里很佩服这位纪大人怎么对伊犁修渠打井的事了解得这么清楚呢。他捧着这四句诗,连声说:"好！好！字好,诗更好……"说着,他又奉迎着纪晓岚道:"人已备好卵石二千担,把堤坝重新砌好,把水库里的水蓄足……"

应酬完毕,已是傍晚,吴士胜安排一辆漂亮的马车送纪晓岚去城郊一处建在园林里的官邸歇息。坐上马车,纪晓岚忽然对着马车夫喊了一声:"刘大爷,是你呀?还认识我吗?"刘大爷回过头来,仔细一瞧,不禁高兴地喊道:"啊！是纪官人,真真没有想到,没有想到,光听说从乌鲁木齐来了个大人,怎么想到会是你呢？"

原来,这刘大爷过去是后室里的一名太监,10 年前纪晓岚进京,就是他接的。在皇室里,他兢兢业业,见了纪晓岚也常常请安。尽管他的年纪比纪晓岚要大 20 多岁,但大人和奴仆,等级是分明的。纪晓岚鄙视这些等级,对刘大爷很尊敬,有时还把一些银两甚至自己题写的诗画偷偷送给他。不料一次刘大爷端给皇上的饭盒中发现了一只苍蝇,犯了大忌,本来是要杀头的。后来经人说情又念刘大爷在皇室数十年从未犯忌,把他发配到伊犁革职为民。今天在这里遇上了。纪晓岚格外的高兴,他未想到在这离乌鲁木齐又已经千里之遥的地方,能见到昔日皇室里曾经给他讲过许许多多故事的老人。他勒住了缰绳,对刘大爷说:"不去官邸了,现在就到你家里去……"

"那怎么行呀,我家又脏又黑……"

"不!我们住在一起,好说话呀。"拗不过纪晓岚,马车径直向刘大爷家中奔去。

民间多苦难

一杯清清的热茶,一盏小小的油灯,纪晓岚与刘大爷彻夜长谈。刘大爷一副醒世超脱的神情,谈起他离开京都皇室来到伊犁后,才享受到人间的烟火和自由。他收养了一个孩子,种了几亩蔬菜和水果,逍遥自乐。将军府守备吴士胜听说他在皇室当过太监,又把他留在府内赶赶马车,其他诸事也不过问。但是刘大爷说,这里的百姓却生活得很苦,两千屯兵不但一两年未发过薪饷,平时连饭也吃不饱,还要垦荒戍边,追剿逆匪。特别是最近从内地又遣送来 500 户移民,都未得到安置,到处流浪乞讨,或四处偷盗掠劫,搅得城乡不得安宁。那些屯兵也因得不到温饱,逃跑的、做坏事的、自杀的,时有发生。

纪晓岚问刘大爷:"如果皇上开恩,叫你回去,你会怎样?"刘大爷爽快地摇了摇头说:"我是断然不会再回去的,我快 70 岁了,在这里我多过些自在的日子,还能多活几年。"说完,他诚挚地望着纪晓岚,对他说:"你虽说也是个负罪之人,但你年纪还轻,才学不凡,不但皇上今后还要用你,眼前新疆文武上下对你也不敢怠慢,你要多多把民间的疾苦奏告给官府。不得温饱,哪得国泰民安……"

"民间的疾苦,我略知一二,我当然还要到处去看看。"

第二天,吴士胜要陪纪晓岚去看看地方的风景,纪晓岚说:"我们先到屯兵的驻地去看看如何。"吴士胜点头称好,并且向他谈起屯兵在各方面所起的重要作用："就说从伊犁至乌鲁木齐这条道路吧，为了保证这条路上的交通，我们将军府在沿途设立了 21 个台，每台驻马兵 5 名，绿旗兵 15 名，备军马 25 匹，骆驼 4 峰……在北面黑山头地区，前几天又歼灭逆匪 70 多人……"

到了屯兵的驻地，吴士胜和纪晓岚刚刚落坐，一杯茶还没有喝下去，一位军曹闯进屋里来报告："刚才有两个人自杀，老的已经死了，年轻的那个还有口气，正在抢救……"

"在什么地方？我们这就去看看。"纪晓岚说着就往外走，吴士胜只得赶紧跟上。

醉卧将军古战场

两个人自杀的事，就发生在兵营里。已死的一人是个老兵，他在这边塞屯垦戍边几十年，最近得了一场大病，无人护理，病体得不到调养，甚至也得不到基本的医治，在疾病中煎熬了一些痛苦的日子后自杀了，寻得了自身的安乐。另一位是个年轻女子，被及时发现，救活了。她躺在兵营马厩旁的一间屋子里，一些人围着观看，兵营的医官在为她诊治。这时，纪晓岚和吴士胜走了进来，医官向他们二人递过来一根被马刀砍断的绳子，说："她在这马厩里悬梁自尽，被马夫发现……现在已经活过来了……"围观的人让开了路，纪晓岚走上前去，看到了这位脸色苍白、脖子上还勒着一条血印的女子。忽然，他后退了一步，紧接着又一眼看到了放在她身旁的那个蓝花布包袱："这不是小贞吗？"小贞微微睁开了眼睛，看到纪晓岚，她疑惑了好一会儿，轻轻喊了声："纪老爷，是你……"接着便"哇"地一声哭了起来。吴士胜和周围的官兵见纪晓岚认识这个女子，都慌了手脚，纪晓岚说："把她送上马车，送到刘大爷家去。"

到了刘大爷家，小贞休息调养后，讲出了她自杀的原因。在乌鲁木齐她得到纪晓岚的接济后，步行千里，历尽了千难万苦，到达了伊犁，找到了丈夫服役的军队。她正盼望着与丈夫即将见面团聚，谁知又突然传来噩耗，前几天在黑山头与逆匪拼杀的那场战争中，她的丈夫已战死沙场。晴天霹雳，她一下昏厥过去。醒过来后，四顾茫茫，举目无亲。在这天昏地暗的绝望时刻，她唯一的寄托就是死了。

啊！人间多少辛酸泪！纪晓岚听着小贞的叙述，久久不语。当晚，人们都睡着了，他却仍然在一盏孤灯下自斟自饮。这多难多战的边疆之地，有多少各族儿女一代一代在这里屯垦戍边献出了自己的家庭、幸福和生命，他恨自己是个书生，且已年岁渐老。他多么希望自己能壮士出力，挽边塞之危难，造百姓之安乐，哪怕献出血肉之躯，也是值得的。然而，光有这些雄心又有何用。躺在床上，窗外秋高气爽，空寂而清冷，他禁不住感叹道：

雄心老去渐颓唐，醉卧将军古战场。

半夜醒来吹铁笛，满天明月满林霜。

南 疆 行

小贞需要好好休息，纪晓岚把她托付给刘大爷。伊犁守备吴士胜在纪晓岚的敦促下，对兵营里的老弱伤残兵员给予抚恤，送粮制衣，对他们的生活作了一些改善。最后，吴士胜对纪晓岚说："小贞的丈夫为边塞战死疆场，我们要隆重埋葬，在他的墓前立一块石碑。等小贞身体养好后，我们派人护送她到星星峡，给她足够的盘缠和抚恤，让她回到故里，请纪大人放心……"

纪晓岚结束了伊犁之行，回到乌鲁木齐，只作了短暂的休息和准备后，又起程到喀什去，开始了他路途更加遥远的南疆之行。

与北疆相比，南疆显得更加的广阔和风姿多彩。纪晓岚宿库车、游轮台，饱览博斯腾湖的绚丽风光，留恋塔里木盆地的民情古迹。特别是在库尔勒和阿克苏等一些戈壁绿洲之处，他看到到处庄稼茂盛，人畜兴旺。在这些广阔的土地上人们耕种不分你我，不会为一块土地而你争我夺，没有内地省区因人多地少对土地巧取豪夺的现象。看到这些，纪晓岚感慨颇深：

绿色青畴界限明，农夫有畔不须争。

江都留得均田法，呼有如今塞外行。

尽管是如此，在这茫茫大漠占统治地位的荒芜区域，人们的耕作是落后的，百姓的生活是贫困的。在不少的地方，兵民难分，拿起刀是守边卫国的将士，收起刀是种瓜耕地的农夫。在漫漫的大漠中烽火台的火焰日夜不熄，农夫手中的刀弓不易高挂。此情此景，路途又那么漫长，让旅人怎能不担忧？不胆怯呢？经过他沿途进一步调查，才知道这里的驻兵，实行的是屯

21

田制,即当兵的要自种粮食,过去3年换防一次,现在改为5年。5年的岁月,又当兵又种地,却不准带家眷。这样的规定,谁愿意到这里来,来了又怎能安心呢?纪晓岚把调查的情况记载下来,并把他的期望写进他的诗篇:

　　烽燧全消大漠清,弓刀闲挂只春耕。

　　瓜期五载如弹指,谁怯轮台万里行。

　　何时这里战事熄灭,看不到大漠中的烽火,人们一心耕作,到这里来的人就会更多了,荒芜的土地才会富饶繁华起来。

　　路漫漫,字行行,在这条南疆征途上,纪晓岚一面考察,一面游览,同时记下了大量的笔记,写下了一批诗文。

访喀什山洞

　　到了喀什,纪晓岚对这座古老的维吾尔族小镇有着极大的兴趣。他听说北郊18千米外的伯什克然木河南岸的山中有个三仙洞,又听说在这个三仙洞里还保留着汉代壁画,便顾不得长途跋涉的疲劳,在喀什几位地方官的陪同下,骑马来到伯什克然木河畔的山下。谁知,三仙洞藏在半山腰,不但山势异常陡峭,而且无路径可攀。越是这样,纪晓岚越是希望爬进这个山洞观察一番。地方官员明白了他的心意,临时在当地找了几位山民和猎人,利用绳索攀登了上去,然后把绳索捆在纪晓岚身上,把他拉上去。山高石险,他一个瘦弱的文人,又从来没有登山经验,当绳索把他吊在半山腰时,他感到从未有过的恐惧,嶙峋的岩石划破了他的衣衫和手臂,站在河岸的地方官无不为他捏着一把汗,喊着请他下来。怎么能半途而废呢?纪晓岚咬了咬牙,闭上双眼不往下看,却呼着上面的人使劲。几经折腾,他终于爬进了这个神秘的山洞。

　　这是个幽深、黑暗、人迹罕至的山洞,几位山民和猎手举着火把在前面为他引路。山洞里没有什么古迹和实物,但他终于在两边的岩石上发现了壁画。有人有畜,都非常的逼真。凡是进到这个山洞的人都必须有火把照明,这些壁画也被火把熏得有些模糊,尽管是如此,纪晓岚也辨认出是汉代所作,与他在山西武梁祠内所见到的汉代绘画雕刻艺术相差无几,是极其宝贵的。这一发现,使他十分高兴和激动。他没有想到,在这极其遥远的边陲少数民族地区见到这样的艺术品。他感慨地联想到,我们中华民族古老的文化是多么的辉煌灿烂，我们这个国家历史是多么的悠久和多么的辽阔。当天晚上,他在他的日记中写下了"喀什山洞"的所见所闻:"喀什噶尔山洞中,石崖平处有人马像。回人相传云,是汉时画也。……故岁久尚可辨。汉画如武梁祠堂之类,仅见刻本,真迹则莫古于斯矣,后戍卒燃火御寒,为烟气所熏,遂模糊都尽。惜初出师时,无画手橐笔摹留一纸也。"纪晓岚还把其中的一些壁画,用纸片轻轻地拓印了下来。

喜得罕世玉雕

当时的喀什噶尔,已经是一个经济很繁荣,手工艺生产很发达的地区。清朝的统一,结束了南疆长期分裂、战事频繁的局面。维吾尔族首领和百姓提出意见认为赋税太重。乾隆皇帝考虑的是这边陲之地需要一个安定的社会秩序,应实行安抚,因此乾隆立即下达圣旨:喀什噶尔每年只纳粮25193石,这比起准噶尔统治时期的184041石,仅占七分之一。牛、马、羊的抽税率也大大削减。在这种情况下,喀什噶尔的百姓安心发展生产,邻国印度、巴基斯坦的商人愿意到这里经商,除了土产、畜产品之外,当地的工艺品特产市场也越来越兴旺,产品也越来越精巧。有一天纪晓岚上街,用7两银子从一位商人手里买到一件玉器工艺品——梅花。这是一件用昆仑玉石雕刻而成的工艺极其精致的艺术品,他捧在手里,细细琢磨,竟喜悦得连声称好。

纪晓岚饱读诗书,广游山水。在皇宫他见过各种各样的玉器,又听说过来自新疆昆仑山的玉石最好,加工玉石的刀具又是这西域的昆吾刀最好,能雕刻出中国花草来。后来他看到魏文帝曹丕的《典论》一文。曹丕在文中断言:天下无切玉之刀,也找不到切玉的昆吾刀。在皇室,纪晓岚所见的玉器,也就是玉玺、玉盆、玉盒、玉壶等等,皇上喜爱的一个双龙玉壶,两条玉龙雕刻得栩栩如生,却还未见过用真正玉石雕出来的花草。如今,望着手中的玉雕梅花,在惊异之余,觉得曹丕的断言是错了。特别是他在喀什噶尔了解到,昆吾刀有神奇之力,但并无神秘之处,不少玉雕老人手中就有。以前,盛产昆仑玉石的昆仑山下,就有人雕刻出纪晓岚手中的梅花。你看这枝晶莹剔透的梅花,细条碎瓣,瓣与瓣之间的隙缝,仅如一发,还屈曲三折,断无容刀之理,世间没有软玉之药,那这琢玉的玉工,这把昆吾刀,的的确确是鬼工神刀了。曹丕还说,美玉成器,只能水磨石磨,用刀只能崩裂散碎。他没有来过西域,更没有来过这昆仑山下的喀什噶尔,他也就少见多怪了。纪晓岚捧着这件玉石精品爱不释手,忽然既得意又有些遗憾地笑了。酷喜诗文工艺的魏文帝曹丕可惜与自已不是同一代人,要不然,我把这件玉器赠送给他,该多好。

病 卧 农 家

　　纪晓岚在喀什逗留了一些日子后,又寻访到疏勒、英吉沙、莎车等地,了解了这些维吾尔族集中生活地域的民俗风情和人民生活。他本想继续往前走,到达他所向往的于阗国甚至登上昆仑雪山。到了莎车后,他便感到经过这漫漫长途的跋涉,身体日渐衰弱,时时感到疲乏。听从了老六的劝解,他决定再不前行,从莎车动身赶回乌鲁木齐。又是风尘千里,日行夜宿。终于在离乌鲁木齐只有100多千米的地方病倒了,住进了一家姓茹的农家。

　　这是靠路边的一个小村庄,也就是今天达坂城地区的一家农舍。茹家只有老夫妻俩,靠酿造醋过日子。因为酿造了几十年的醋,醋的色味都很好,所以远近闻名,乌鲁木齐的人都成桶成桶地从这里买醋。老夫妻俩见纪晓岚像个官员,却又和善可亲,便热情接待了他们,忙着为他寻医找药,为他做些可口的饭食。卧床养息了几天,纪晓岚病情好转,渐有起色。一天晚上,他服了药,睡得很香,一觉醒来已天色微亮,他觉得精神爽快得多了。正欲起身,只见门帘掀起,一位女子端着一碗热气腾腾的汤药走了进来,他仔细一看,这不是别人,正是小贞:"你怎么来了,怎么知道我在这里?"小贞说:"纪大人,我在伊犁把身子养好后,刘大爷和将军府派的人一起把我送到乌鲁木齐。我到九家湾找你谢恩,才知道你已到南疆巡视。昨天听一个贩醋的商人说,他在这村里见到一位从南疆归来的官员在这里养病,听他讲的样子,我便猜想到是你,便急急赶来,果然……"

　　纪晓岚听她说完,急忙起身接过汤药,欣喜地望着小贞:"看你的气色,你在刘大爷家调养得不错,你回故乡去还有很远的路程,吴将军给你盘缠了吗?"

　　"给了我300两银子,还要把我送到星星峡……"

"那好,我也为你送行。你万里寻夫到边疆,你丈夫为边疆献出了生命,为国为夫,你都是孝子孝女,为祖宗尽了忠尽了义……"

"大人不必夸奖我,没有纪大人的接济扶助,我小贞可能活不到今天了。今天大人有病在身,该是小贞服侍,尽一点犬马之劳的时候了……"说着,她双手端起那碗汤药,送到纪晓岚眼前:"大人答应我,大人的身体不养好,小贞不离开你……""这就不必了,你今天来看我,我就很高兴了。你的老家四川还有很远的路,还是早点起程为好。"正说着,忽听见窗外传来"得得"的马蹄声。

滴滴清香泻玉盘

马蹄声在茹家门口停住了。来者不是别人,正是在衙门宴席上给纪晓岚赠送烟袋的那位掌马官。他见了纪晓岚,双手一抱,说道:"下官得知老爷南疆归来,风尘仆仆,在这里养息,我来一是看看老爷贵体如何,二是备了车马,接老爷回乌鲁木齐……"说毕,他又滔滔地向纪晓岚谈起他在开封府养病的经过及对纪晓岚的怀念。

当晚,茹家老夫妇免不了备些酒菜,款待身体日渐康复的纪晓岚以及几位新来的客人。席间,纪晓岚望着端酒上菜的小贞,就谈起了她的家境和身世,引起了众位的同情。茹家老夫妇说:"她老家遭受了水灾,回去后她一个年轻女子,又怎样生活?小贞要不嫌弃,就留下来和我们老夫妻一起过怎样?"掌马官听了纪晓岚的叙说,又看见小贞也还年轻端庄,是个聪慧贤淑的女子,便对纪晓岚说:"纪老爷,我儿媳妇前几个月得了场急病死了。倒不如请老爷作个媒,我掌马官不会亏待她。事成了,也是我那犬子的一件大喜事……"纪晓岚转身问小贞:"你孤身一人,回到家乡生活也艰难,不如就留下来……"未待纪晓岚说完,小贞便感激地说:"我听从纪老爷的安排……""好!"掌马官高兴地说道:"请纪大人作主,小贞姑娘就坐上我的马车,我们一起回乌鲁木齐去,再由纪大人给择个良辰吉日……"这时,小贞低着头,流下一串串的眼泪,说道:"二位大人的关怀体贴,贞女感恩不尽,只是我结婚尽管不足三月,但他血洒疆场,为国捐躯,贞女理应为他守孝,待到明年清明能给他敬上一杯热酒……"听到她这些话,在座的人更加怜悯她喜爱她了。茹老夫妇急忙说:"贞女说的极是,那就在我家住下,为那位好男儿守孝一年，来年清明去见他也不必走那么多路了。到时贞女你愿意到掌马官家去，我们老夫妻俩就不留你了，如何？"纪晓岚这时也感激地向茹家这对慈善的老夫妇投去敬佩的眼光。他又对小贞说："这位掌马官的公子，我曾见过一面，是个勤于书斋的读书人，我看和你也还般配。为夫守孝，这是你的一片孝义之心，完全应该的。茹家老夫妻跟你父母一样，他们有心留你，你就在这里住下，服侍在两位老人身旁，明年清明后，我和掌马官再来接你……"这时，小贞抬起头来腼腆地笑了。

在农家欢乐的养病日子过得很快，纪晓岚身体得到康复，要随专程来接他的掌马官回乌鲁木齐了。临行时，茹家老夫妇给他们每人赠送一坛陈年老醋："贫家给诸位官人无贵物可送，这陈年老醋我们已窖藏十个春秋，请官人收下。"纪晓岚说："那么，我就留诗一首作为谢礼吧！"说毕，他题诗一首：

茹家老醋沁牙酸，滴滴清香泻玉盘。

琥珀浓光梅子味，论功真合祀元坛。

茹家老夫妇接过这首诗，高兴至极，连声说："今天我们寒舍吉星高照了，吉星高照了……"

要走了，茹家老夫妇和贞女把他们送过一程又一程，依依不舍，情意深深。

直到纪晓岚坐上了掌马官专门备好的马车，在官道上奔驰起来时，掌马官突然拍了下脑门说："光顾得高兴，一件大事差点忘了，我给你带来了一封信呢！你看。"说着从衣袖里掏出了一封信递到纪晓岚手里。

家书抵千金

掌马官递到纪晓岚手里的这封信，是纪晓岚盼望已久的家书，是经过千山万水从官邮的邮道到达乌鲁木齐的。信是他的结发妻子马氏夫人所写。这位当年北京东城有名的美人、名门望族马周篆的女儿，嫁给他已整整24年，为他生了三女一男。她不但敬仰他，体贴他，当年当她知道纪晓岚对一位天真的少女文鸾一往情深时，就主动让他娶文鸾为妾，只是文鸾这个姑娘红颜命薄而早夭亡。今天，在这封信中，马氏夫人用缠绵的语言表达了她对纪晓岚的思念以及盼望他能早日回到京城的心情，信中还说，她去年清明前后到纪晓岚的家乡去看望父老,同时也到文鸾的墓前扫墓烧香。信中在说到几个儿女时,她用感激的心情写道:这要感念两江总督陶澍的百般关怀和扶持。读到这里,纪晓岚想起了那位白白净净、沉默寡言的陶澍。那是纪晓岚把家搬到北京虎坊桥新居不久,发现胡同口有一位摆测字摊的青年,看他皮肤白净,斯斯文文,不像个跑江湖的,而且手里老是捧着本书苦读。他上前仔细打听,原来是从湖南来应试落榜的秀才。他红着脸对纪晓岚说:"盘缠用尽已无法返乡,不得已在此先混碗饭吃,等候下一轮再考……"纪晓岚又问:"既然是这样,你身旁可有什么现成的文稿,让我看看?"陶澍果然从身上掏出一卷文稿,递到纪晓岚手里。纪晓岚就坐在那张小板凳上,一口气看完了这卷文稿,他大为欣赏,爱才之心油然而生。他对陶澍说:"你的文章写得很好,不过尚有小疵,用语稍嫌堆砌,虚字应尽量少用,免伤文气,对每句话的段落,要多加琢磨才好……"这时,陶澍问道:"看先生也是饱学之士,不知能否通个姓名。"纪晓岚便对他亲切地笑了笑,回答道:"我叫纪昀……"陶澍一听,又惊又喜,突然"咕"地跪在地上:"你就是大名鼎鼎的翰林院大学士纪晓岚?我有幸,我有幸……""不必客气,我也曾经应试落第过。"从此陶澍更加勤奋苦读,同时也常常得到纪晓岚的指点和帮助。在下次科试时,他果然名列考榜第三名,中举进京。后来,他日渐显贵,官至安徽巡抚和两江总督。信看到这里,纪晓岚心里感到几分欣慰:我纪晓岚对陶澍只有小恩,今日我有患难,他却能不遗余力,当大恩而报。可见人生之事,平日应时时待人以恩惠,日后自有好报的。马氏夫人的信在说完儿女都很健壮都很有出息的情形后,她还告诉纪晓岚,最近京城不少文武显官在为他说情,有些胆大的,还向乾隆皇帝谏言,认为纪晓岚即便负罪,罪也轻微,而他的学识和威望却享誉京城,希望皇帝能予宽恕。读到这封信,纪晓岚不知为什么,潸然泪下。

诗赞乌鲁木齐

纪晓岚周游了天山南北,饱览了这广阔大地上的民情风光。他感到,在新疆这块辽阔的土地上,乌鲁木齐是最肥沃美丽的地方。经历了这段日子,他亲自感受到新疆百姓对他的友好和尊敬,这几天又收到珍贵的家信,心境更是舒适爽快。

这时的乌鲁木齐，千古荒原已被热气腾腾地开垦了出来，粮食连连获得丰收，这对稳定边疆和稳定民心都起到了积极作用。据史载，当时乌鲁木齐地区已开垦农田 987700 亩，其中有菜地 27900 亩。在总兵德昌的努力下，加之纪晓岚的常常敦促，400 多名遣犯和 640 多户移民逐步都已安居乐业，有的还在这里盖起了房子，开垦修建了花果飘香的园圃。他所到之处，更是受到热情的接待。有着这样的心境和环境，他的诗兴当然是抑制不住的。在掌马官的官邸作客时，他便题了首诗：

到处歌楼到处花，塞垣此地擅繁华。

军邮岁岁飞官牒，只为游人不忆家。

有天他散步到九家湾附近的一农户家，见到处是一片兴旺景象，大片相连的土地经过勤劳耕作，呈现出勃勃生机，渠青禾绿，煞是可爱，回到居室，即提笔作诗一首：

秋禾春麦陇相连，绿到晶河路几千。

三十四屯如绣错，保劳转粟上青天。

是啊！过去这里的遣犯和移民吃粮，要靠外省接济，辗转运粮难于上青天。如今，靠自己的垦荒和勤耕细作，不是日子好过得多了吗？那相连的屯田，不是像锦绣的图案一样可爱吗？不仅如此，在乌鲁木齐郊区的野外，不但花果芬芳，还随时可以见到野猪、野兔到处乱跑。有些野猪，又肥又大，赛似一头小牛。恰好有一天，总兵德昌和掌马官要去野外打猎，邀请纪晓岚一同前往。打猎故意安排在晚上，说晚上互相看不见，追捕起来才紧张有趣。为了安全起见，德昌布置了一些士兵携带军火器一起助威。纪晓岚骑在一匹骏马上，人喊马叫时，骏马驮着他在田野上飞奔，他在马上既紧张又好奇。经过一番激烈的围捕，大家驮着猎物凯旋而归。但纪晓岚的心情却久久不能平静，刚才在夜色中惊险猎杀的场面总在眼前时时出现。他在承德围场也和皇室的文武官员去打过猎，但是，那场面哪有这样的令人心惊肉跳啊。尽管他已上了床，却又披衣而起，展纸写下了下面这首诗：

月黑风高迅似飞，秋田熟处野猪肥。

诸军火器年年给，不为天山看打围。

正在逐渐兴旺起来的乌鲁木齐，给纪晓岚留下了极深的印象。纪晓岚在这里的日子很短暂，但是由于他喜爱接近百姓，喜爱游览这里的山水，关心这块土地上的每一点变化。因此,在这短暂的日子里他却留下了大量的笔墨,仅诗词即达 160 多首,成为描绘乌鲁木齐当年历史和风土人情的珍贵史料。

圣旨到九家湾

纪晓岚题乌鲁木齐诗词 160 多首,倾注了他对边疆的深厚感情。他从来不因为自己是一名流放塞外的"遣犯"而悲观消极,西出阳关泪满衫,相反,他以虚弱的身体四处奔走,广采博征,大量搜集民间故事,细心观察百姓生活,还写下了大量的笔记。

这天早起,邻居几家农户把刚刚采摘下来的桃杏送来给他尝鲜,并邀请他参加一个女儿的婚礼。而这些农户都是从内地来到这里的。洋溢在这些农户脸上的喜悦心情,感染了纪晓岚。送走农人后,他急忙提起笔来,在纸上作诗一首:

> 万里携家出塞外,男婚女嫁总边城。
>
> 多年无复还乡梦,官府犹题旧里名。

这首诗刚写完,老六急匆匆走进屋来说:"总兵和掌马官来看你了……"纪晓岚急忙转身,刚跨出房门,只见德昌和掌马官已走进了院子,德昌双手作揖说道:"纪大人,恭喜你了,恭喜你了……"说着把一封皇牒呈到纪晓岚手里:"神武英明,来旨召大人回京,皇上万岁!"纪晓岚一听,感到突然和意外,但他立即双腿跪地虔诚地接过了圣旨。

最近一个时期,乾隆皇帝多次听到文武大臣在为纪晓岚说情。纪晓岚在皇室时,乾隆对他的印象是很好的。前些年纪晓岚做试官,侍读,学政,都很有才干。至于泄密被贬,人孰能无过?听说他已经为此深深愧悔。同时,乾隆这个时期正打算类编天下之书,以便加强文化统治,炫耀自己的文化功绩,这样做还可以进一步笼络知识分子。但是,书如瀚海,非要有一位博览饱学而又年富力强的通儒,否则难以承担重任。那么谁合适呢?他觉得在他眼前还找不到合适的人选。但是,他很快想到了纪晓岚。这个人尽管"性坦率,好滑稽",有时甚至和他这个乾隆皇帝开玩笑,但是,这个人读书多,记性好,才思敏捷,治学严谨,这是难能可贵的,何况他才 40 多岁,应该把他请回来。经过一番考虑,乾隆终于下了决心,下达了圣旨。

　　总兵德昌收到乾隆的圣旨后，一看圣旨上写着三项内容：一、恩赦纪晓岚之罪；二、命其立即动身回朝；三、命令各级卫府官员，做好沿途的接送。看完后，德昌一刻不敢怠慢，天一亮便决定到纪府拜见，亲自把圣旨交到他手里过目。同时他也暗暗高兴和捏着一把汗：自纪晓岚到达新疆，我德昌总算没有亏待过他，一直敬如上宾贵客，从来没有把他当作一个流放的负罪之人。想到这里，他便一面吩咐备马，一面把掌马官叫上一起赶到九家湾。

跪拜红庙

　　皇上的圣旨一到，就得立即动身回京。这个时候，纪晓岚的心情在感恩之余，真是百感交集。这新疆，这天山，这里的百姓，难道就都要离开了吗？京城，皇室，在人们的心目中是多么的神圣和神秘，是多么的伟大和庄严。这两年，他渐渐淡漠了，不那么思念了。相反，他已经很习惯这天高地广的边塞生活，这朴实纯美的人间天地，以及他的自由自在。

　　总兵德昌和掌马官走后，他觉得皇上又一次给了他莫大的恩宠和荣誉，整理了一番衣帽后，便一个人走出院落，慢慢走到二里路之外的老红庙子。他不是个很讲迷信的人，上次在老红庙子遇到贞女，那是他出于一种新鲜和好奇，随意走走看看。此刻，不知为啥他却是有意要到这里来，而且走进红墙古庙之后，在大佛寺中的四大天王塑像前跪了下来，轻轻说了两声"皇恩浩荡！皇恩浩荡！"他没有伸手去抽签，只是默默地跪在那里，默默地宁息心境。他并不为这次能赦恩回京而感到是自己多大的喜事。在京都15年，他享尽荣华富贵，同时也饱尝人生沧桑。皇室是神圣的，光辉灿烂的，同时也是森严的，宽猛相济的。微微抬起头来，他望见一尊弥勒佛像坐在那里，两旁的楹联是他在北京潭柘寺多次见过的："开口便笑，笑古笑今，凡事付之一笑；腹大能容，容天容地，与人何所不容"，觉得颇有趣。这样的塑像，这样的对联，他在南京多宝寺，四川东山凌云寺，都曾经见过，这边塞之地，想不到也照样有人修造。是呀，人要乐观，宽宏，同时更要在事业上做文章。被贬戍到新疆，他唯一的遗憾是博望壮志尚未酬，回到京城，再不能卷入官宦的沉浮之争，计较眼前的荣辱得失，而是要做些踏踏实实的事："思报国恩，惟有文章"，过去自己常常在官场甚至在皇帝面前，作些妙趣文章,有时也以自己的机智奇思而语惊四座,但这些并非根本之我,也不是自己学识水平的真正所在。回京以后,如果有可能,要筹纂巨著,编写古今千年历史。只有这样,才能永留人间,长存于历史。想到这些,他的精神又觉得添了几分爽快。

告 别 新 疆

清乾隆三十六年,即公元 1771 年,纪晓岚离开乌鲁木齐,起程返回北京。

他在新疆贬居两年五个月。对于他在这两年五个月中所居住的九家湾"阅微草堂",他有着依依不舍的心情。这地方比起北京虎坊桥的"阅微草堂"要幽静得多,也舒适得多了。他收拾着简单的行装,除几箱子书籍文稿和笔记外,他只带上掌马官赠送的烟袋以及他在喀什买的玉雕梅花。老六默默不语,忙着为他忙里忙外,他对老六说:"你也随我一起走吧,一起到京城去。"老六说:"我向你谢恩了,我已经 60 多岁了,到了京城对你是个拖累,在这里几十年了,我就在这清静之地养老告终罢。"纪晓岚又说:"我手中还有白银 200 两,到了京城也用不着的,我留下 100 两给你老人家养养身子,另外 100 两请你交给伊犁将军府的那位刘大爷,好吗?"老六说:"大人有恩,我就收下了。"

动身时,新疆的文武官员十里相送。掌马官骑着匹高头大马,对坐在马车中的纪晓岚说:"我率骑兵百人,把大人护送过星星峡到玉门关,那里有官兵迎接你,我派去前方送信的十匹快马昨天已经出发。"在纪晓岚的马车后面,跟着总兵德昌乘坐的马车。这一行人马,浩浩荡荡,走出城门。到了城边打铁铺,纪晓岚吩咐把车停下,他走进打铁铺,与铁匠们即曾经在这里和他一起吃过喷香的烤黄羊肉的老兵们一一告别,这些老兵们泪满衣衫,也跟随相送,纪晓岚劝阻不住,便不上马车,与他们一起跟在马车后面,这些铁匠们才停立在路旁,拱手相送。到了达坂城一带的村庄,早已得到消息的茹家老夫妇和小贞姑娘,以及村子里的父老乡亲,在村头已经等候多时,纪晓岚一见,便连忙下了车,快步走上前与茹家老夫妇携手相扶。小贞这时苦乐参半,她抽搐着嘴唇,想说些什么,可什么也没有说出来,她奔向纪晓岚,想跪下来,被纪晓岚双手扶住,但她还是禁不住哭了起来,纪晓岚轻轻抚摸着她的头说道:"贞女,你应该高兴,为什么哭呢?"小贞一听,慢慢地抬起头来望着纪晓岚,对着他微微地笑了。纪晓岚回头对德昌和掌马官说:"掌马官,我可是把她托付给你了。"掌马官急忙回答道:"大人作主,是我父子的万幸,只待小贞姑娘尽孝完毕,我便会来接她……"这时,纪晓岚请总兵德昌回城,他和掌马官好赶路了。如此再三,总兵以及茹家夫妇和贞女等终于听从了纪晓岚的劝解,留步的留步,回城的回城,纪晓岚的马车才放开速度,向前奔跑了起来。坐在马车里的纪晓岚,却禁不住时时掀起布帘,回首望着渐渐远去的乡亲和那皑皑白雪的天山。

四库全书总编辑

回京的征途尽管漫漫万里,但由于沿途受到周到的款待和接送,使纪晓岚得以在行旅之中还整理了大量的笔记,撰写了成卷的文稿和诗词。据说他的《阅微草堂笔记》就是在返京途中所整理出来的,这种说法不一定翔实,但他在万里戎马中的闲暇之时在夜灯下勤于笔耕,却是事实。

乾隆皇帝下达圣旨后,几乎日日打听他的行程,听到他快抵燕山脚下时,乾隆便专程赶到承德,御驾亲迎,为他接风洗尘,这更加给纪晓岚增添了声誉。纪晓岚回到皇室后,息养了一些日子,便让他在翰林院当编修。第三年,乾隆又下令,给他官复谪前侍读学士之职,并听取了纪晓岚本人提出的计划,筹备总纂"四库全书"。

经人生之风雨,感国恩皇恩之浩荡,这时的纪晓岚,再不像以前那样诙谐逗笑,以自己的奇思辩才和学问渊博而耍弄人或给人以侮弄,给人以难堪,而是埋头书案苦苦钻研,同时广罗人才。清乾隆三十七年,即公元1772年开始,纪晓岚率国内知名学士文人500余众,历经13载,遍历国内所存之典籍,以气吞山河的气魄,兼收并蓄的度量,取精用宏的智慧,择善从流的气质,去伪存真的本领,沙里淘金的毅力,综合剪裁,选定经、史、子、集3 503种,集成了79 327卷的《四库全书》及《四库全书提要》和《四库全书总目》。汇成中华民族数千年文明之渊源,成为当时世界绝无仅有之伟业,保存与发展了中华民族的古老文化遗产,同时也充实与丰富了世界文化宝库……

这些雄文巨著,由青、红、绿、灰四种颜色的丝绢作封面,装帧精细,据说这四色象征春、夏、秋、冬四季。《四库全书》当时由纪晓岚率众共抄成七部，分别收藏于北京紫禁城的文渊阁，圆明园的文沅阁，奉天故宫的文溯阁，热河避暑山庄的文津阁，扬州大观堂的文汇阁，镇江金山寺的文宗阁，以及杭州圣因寺的文澜阁。避暑山庄文津阁的那一部，后来在 1915 年运来北京，收藏于京师图书案。不久，这条街即被命名为"文津街"，纪念文津阁《四库全书》的意思。

岁月悠悠，历史有情

漫长的岁月过去了，许许多多的事情随岁月而流逝，被历史所淹没。

历史却没有遗忘，新疆人民更是时时怀念着他，为新疆的土地留下过纪晓岚的足迹以及著作而感到骄傲和自豪。他的著作《阅微草堂笔记》和《乌鲁木齐杂诗》出版后，当即受到社会的广泛关注和欢迎，认为这些著作丰富了我国的古典文库。鲁迅先生在《中国小说史略》一书中，对这些著作给予了很高的评价："发人间之幽微，托狐鬼以抒己见，隽思妙语，时足鲜颐；间杂考辩，亦有灼见……天趣盎然，故后来无人能夺其席。"后来蔡元培先生也说：清代小说最流行者有三：《石头记》、《聊斋志异》及《阅微草堂》是也。在清朝，流放到新疆的遣犯为数不少，其中更不乏学识之士，但他们来到这茫茫荒原后，大都消极悲观，精神颓靡，要不就是像载澜一样，沉溺在花天酒地的靡烂生活之中。至于来自官府的文人墨客，他们大都写几首应景的游记杂感，希望能成为"边塞诗人"，能像岑参一样受到人们尊敬。纪晓岚却能够用自己无限欢乐的开阔胸怀，对边疆和边疆的人民深情激荡，慷慨作文。尽管随着时代的变迁，他著作中的描绘与当时的情况有所变化，但是字里行间依然散发着浓郁的边塞风土气息，令人读后感到亲切。清道光二十四年，即公元 1844 年，爱国名将林则徐因禁烟受贬，谪戍到伊犁。那时正是一月，乌鲁木齐大雪纷飞，他却顶着大雪，冒着严寒，找到纪晓岚的"阅微草堂"故址，以一种尊敬的心情，凭吊这位不同时代的犯友。后来，杨增新执政，他一方面是敬仰纪晓岚，一方面也想以"文人志士"自称，他亲自来到九家湾，寻访"阅微草堂"的遗迹，并在 1922 年在乌鲁木齐鉴湖公园内的南滨，在秀丽之处建起一水榭长庭，请当时的著名书法家张景洲题写"阅微草堂"四个草书，悬作门款。工程落成后，他在这里大摆宴席，宴请文武群僚和社会知名人士。杨增新显耀了自己,但同时也赞颂了纪晓岚。直到1928年,瑞典著名旅行家和探险家斯文·赫定到达乌鲁木齐,杨增新要为他举行一次欢迎茶会,也选在这柳波水影的"阅微草堂"。

曲折复杂的历史已经过去200多年,但是,人们至今还在深深怀念这位对新疆对乌鲁木齐始终一往情深的纪晓岚。

梦 回 天 山

纪晓岚离新疆返京都后,又服官近40年,除以半生精力用于《四库全书》编纂外,曾经三迁御史,三入礼部,而且两次执掌兵符,加太子太保,官至国子监事,相当于宰相,一生荣华,享誉天下。但是,他的心思却总是牵挂着新疆,在他的居室,数不清的藏书,典籍环绕,床头经常放着的书中,就有《乌鲁木齐杂诗》以及《阅微草堂笔记》,闲暇翻阅,夜深人静常常在梦萦中回到他日夜想念的新疆。他的居室常常高朋满座,每当友人相聚之时,他总是要介绍新疆情况,倾注着他对新疆的深厚感情:"新疆安定以来,休养生聚,仅十余年,而民物之繁衍丰富,至于如此,此实一统之极盛……如今的新疆,已为耕凿弦诵之乡,歌舞游冶之地……"

嘉庆八年,即公元1803年6月,纪晓岚八十大寿。这一年也正是贬谪新疆35年的纪念日。他已身为宰相,喜逢八十寿辰,乾隆在皇宫为聚天下长寿星摆设千叟宴,纪晓岚感慨万千,他想起乾隆五十寿辰时,他曾为这位被他戏称为"老头子"的皇帝写过一副寿联:四万里皇图,伊古以来,从无一朝一统四万里;五十年圣寿,自今而后,尚有九千九百五十年。这副对联受到人们普遍赞赏,但也有人认为这是歌功颂德的奉承之作。是呀,乾隆简直成了"千古一帝"——从来没有哪个朝代、哪个皇帝这样一统过中华!这是上联所指,下联呢?人们不是称皇帝为"万岁"么,现在五十大寿,"自今而后",再活九千九百五十年,不就是皇帝所喜欢称颂的"万岁"吗?然而,今日这位期望"万岁"的皇帝却已逝去,不在人间,倘若他还在人间,面对着曾经受过他的皇恩又受到过他的惩处的臣官八十大寿,他会怎样呢?会回赠什么样的寿联呢?这时,与他同席而坐的东阁大学士刘统勋向他敬酒:"国子监事寿高德厚,誉满天下,此时有什么感想?"纪晓岚微微一笑,沉默良久,然后感慨万千地说道:"人生短暂,荣华富贵只是过眼烟云,但人生难忘之事却又颇多,总是萦绕心头。臣负罪新疆二载有余,苦乐备尝,至今常常萦绕于梦中,只叹臣已老矣,只能托梦重游天山了……"说完,他把满满一杯酒一饮而尽。这个时候,万里边疆,天山白雪,那花果飘香的九家湾,那香火缭绕的老红庙,恍惚——出现在他的面前。

刘鹗在迪化

街头一老人

说起来,这已经是将近80年前的事了。那时候,乌鲁木齐被称作迪化。

那是光绪三十四年,也就是公元1908年,一个暮春的日子。要是在江南,这样的季节已是桃红柳绿了,但在这天山脚下的迪化城,却还是寒风刺骨。特别是昨夜的一场大风雪,使城里城外变成一片银色的世界,街上见不到几个行人,西大桥畔的一些胡杨被冰雪压弯、折断了。

快到中午了,天空还是灰蒙蒙、阴沉沉的,但风和雪已经停了。这时,只见一位步履蹒跚的老人,站在桥头向远远的红山嘴张望了一会儿,然后迈着缓慢的步子走过西大桥,他又在桥那头收住了步,向周围看看,迟疑了一会儿,然后在附近一堵破墙下找到了一块石头,坐了下来。他太饿了,太累了,当他靠着破墙坐下后,伸直两腿,他又伸了伸腰,觉得一阵舒服。他眯着眼睛,在他满是皱纹的眼角,露出一丝淡淡的笑意。

自从光绪九年(1883年)设立新疆行省后,迪化开始被确定为一座省城,经济和文化不断发展,不到10年时间,城内人口已有28000多,郊区也有了15800多人。城市的工商业和郊区的农牧业开始出现欣欣向荣的景象。围绕着市区,逐渐建造了四座"卫星城"。在市区东面20千米处有乾德城,即古牧地;在南面90千米处有嘉德城,是交通要道,即现在的达坂城;北面10千米处是屡丰辕,现在叫七道湾;西面5千米左右的地方就是巩宁城,即现在的九家湾。

后来，官方又在城内设立了官办的手工业手艺所，从内地和南疆招聘来一批有技艺的工匠，到城里传授五金、木器、毡毯等各种技艺，不久又设立了工艺局，专门管理和扶植城里的手工业生产。业兴民安，当时从湘军中退伍的三千多官兵，大都没有回到家乡去，安家落户在迪化城。

可怜的是，此刻坐在那破墙下石头上的孤独的老人，他在这座塞外边城，举目无亲。离开这堵破墙后，走向何处，投向何方，他不知道；茫茫大地，竟没有他一块落脚的地方。这时，又下起雪来了，纷纷扬扬的雪花向他飘来，洒在他破旧的长衫马褂上，洒在他憔悴疲倦的脸颊上……

这位孤独的老人是何许人物？他就是官至知府、曾被清政府顽固派头子袁世凯降以"通洋"的罪名，要求"明正典刑"，要被杀头的刘鹗。

刘鹗落难在这迪化，他身无分文，走投无路，而在这同一时刻，他写成的《老残游记》，却正风靡京城，无数达官贵人和南北百姓，都手捧他的这部深刻地反映晚清时期社会现实的章回小说挑灯夜读，或拍案，或惊异，或编成曲艺、戏剧。他可能不会想到，他的这部著作不但跨过千山万水，走向千家万户，而且跨越岁月的河流，亘古流传。

刘鹗靠在墙边，此时的乌鲁木齐河两岸依然是白雪覆盖，人们都在家里围着火炉吃午饭。这个天涯孤客禁不住落下两行清苦的泪，"唉，何处是我家呀？"

一杯清酒洗征尘

刘鹗此时的心境，比起那一阵阵飘向他脸上的雪花凉得多。但他既已安全抵达了这遥远的西域，结束了那漫漫的长途跋涉，他感到一丝慰藉，感到一丝安全。所以，当在那破墙下伸直了两条腿后，他在感叹之余，又淡淡地笑了。

在破墙下休息了一会儿，他站了起来，继续向城内走去，走向何处，投向何方，他不知道。他沿着河岸一条曲曲弯弯的小路往前走。右边是雪花冰冻的乌鲁木齐河，左边是一些残垣破房，间或有一些挂着冰柱。还有压着厚雪的胡杨树和红柳丛。离这些树木不远，不时有一两间铺面，卖杂货的，卖药材的，打馕的，卖小吃的。

这时，有一位中年汉族人，拿着把扫帚在店铺门口外扫雪，他一眼望……"

刘鹗明白了，没有再问下去。他把这一大碗乌玛什喝完，觉得饱了，身子也暖和了。啊！乌玛什，这可是从来没有吃过也没有听说过的啊！

小乌鸦接过碗，瞪着一双大眼珠，对刘鹗笑了笑，露出一口雪白的牙齿说："我还要给刘道士送饭去。"说完，转身走了。

刘长腿道士

刘鹗吃完那一大碗乌玛什，快到中午时走到庙里的后院，遇见正在扫地的小乌鸦。小乌鸦急忙迎了上来，瞪着一双又大又黑的眼睛："你给我讲故事，讲这庙里的这些菩萨的故事，好吗？"说着，他用手指着庙里那大大小小木刻的、泥塑的众多神像。"我不会讲故事呀！""不！你会讲，刘道士对我说，你一定是个很有学问的人，是个不简单的人。""刘道士叫什么名字？""刘长腿呀……""刘长腿！""是啊，在这城里，大人小孩谁不知道刘长腿，他还能给人看病哩……"

正说着，刘道士走了过来。他先给刘鹗拱手作揖："先生，昨夜歇息可好？"刘鹗拱手答谢。听刘道士称自己为先生，他显得尴尬。

"不知先生算不算出家人，所以，恕我对你以先生相称。""请道士不必客气，本人区区一平民，何谓先生之称。再说，已进得此庙，且已住下，当然也是出家人了。"

这刘道士以善走闻名。在他一生中，曾9次出入玉门关，来往于山西五台山和这塞外迪化城隍庙。他医术很高明，心地慈善，乐于为穷人看病。在风雪交加的晚上，他想到有病的人一定痛苦地在死亡的边缘挣扎，便戴上那顶破毡帽，手里摇着叮当作响的"虎撑"，沿着窄街小巷，寻找病人。所谓"虎撑"，是饭碗大的两层扁铁块，中间有两颗铁球。托在手里一摇动，在静静的夜晚，半条街都能听得见。有的人家里有病人，听到这声音就像盼到了救星。刘长腿摇着这"虎撑"，在这迪化城里没有他没走过的地方。遇到晴朗的天气，刘长腿就在城隍庙门口摆上一张长条桌子，挂牌为人看病。凡是贫穷患者，分文不收。他用的草药，都是自己从城外的南山、西山或者跋涉到博格达雪山采回来的。

不久前，一位中年妇女向他求医，见面就要给他送个金戒指。她说她近来吐过几次黑血,可身上又不痛不痒。她到处找名医诊治,均不见好,有人说她中了妖邪,更把她吓得茶饭不思,夜晚难眠。后来打听到刘长腿这个人不但医术高明,且通道术,那么,身上是病是妖,刘长腿都会有办法的。

刘长腿没有收她的金戒指,却热心地接待她,为她号脉、观舌、察看气色,开了药方。那女人高高兴兴拿着药方回去,服用了一个多星期,却未见效,今天又来到城隍庙找刘长腿。刘长腿见她过了这么几天,服了药不但不见效,反而脸色更黄、更憔悴了,不禁皱起了眉头,难道我看不好她的病吗?于是,他约定她,今天到城隍庙仔细诊断一下,找出她的病因。

疑难病前逢知己

刘长腿和刘鹗正在后院里说着客套,小乌鸦进来说,那看病的女人来了。刘长腿嘱咐小乌鸦道:"把我所有的医书都搬出来。""怎么,有个重要病人?"刘鹗也很精通医术,此时,他禁不住就开口问了。"你是不是也懂医呢?我们一起去看看如何?"说着,刘长腿向刘鹗做出了同去的手势。

刘长腿为这女人看病,神态极其认真,刘鹗站在旁边,静心观察。只见那女人眼珠灰暗无神,舌苔发白。刘长腿看完后,用两个手指捻着自己那长长的胡须皱着眉头沉默着。刘鹗说:"我来看看怎样?"说完,他号了号那女人的脉,又拿起刘长腿前几次开的药方,沉思了一会儿,然后对刘长腿说:"我来开个药方,让她试试如何?"

只见刘鹗拿起笔来,"刷刷刷"地在纸上写下几行字来:"大蓟,小蓟,茅根炭,棕皮,侧柏炭,丹皮,栀子炭,茜草,荷叶,大黄炭。各四钱,用水煎服,日服一副。"

刘鹗把这药方递给那女病人说:"吐血有热凉之分,你的病情分明是热血,我开的这个方子,共十种药,叫十灰散,以凉血止血为主,你回去试试看。"旁边的刘长腿刚开始还有点诧异,后来听他这一说,觉得很在行,很有道理,不禁暗暗钦佩,心里更觉得意:从庙门口见他第一面,就觉得此人非寻常之辈,果然如此,医术上也颇有讲究。

送走了那女病人,刘长腿高兴地对刘鹗说:"走,我领你上街走走。"

当时的迪化,正是新疆巡抚联魁秣马厉兵、组织力量遏制共和风暴时

45

当时的水磨沟可真是个极美的地方。在宽不到300千米的带形山峡里,由几十处大大小小的涌泉,汇合成一条清澈的溪涧。潺潺流水,座座小桥,高大的树木把整个山峡遮蔽得清爽宜人。从清朝以来,凡是到过迪化的名人士大夫,莫不为它题诗吟句,有的还把它和济南名胜趵突泉相媲美。一些达官贵人,在这里修建了好几处亭榭庙宇。

刘鹗置身此地,感到心旷神怡。这天山雪峰下,还有这么个宛如仙境的地方。他拉着小乌鸦的手,沿着溪畔的一条小路,爬上一个山坡,放眼看去,前面的天山,后面的博格达峰,都巍立在眼前,那飘渺的云彩,就在头顶上飘荡。啊!这样的景,要写进作品里,该多好。在《老残游记》第十九回里,不是描写过雪山和云朵吗?当时自己是这样描写的:"虽然云也是白的,山也是白的,云也有亮光,山也有亮光,只因为月在云上,云在月下,所以云的亮光是从背面透过来的。那山却不然,山上的亮光是由月亮照到山上,被那山上的雪反射过来,所以光是两样子的……"刘鹗背诵到这里,禁不住轻轻摇着头,自言自语地说:"要是现在写,我就不是这样写了,只怪当时没有见到眼前这样的山,这样的雪,这样的景,我得把它改过来……"

"你在说什么呀?"小乌鸦见刘鹗摇头晃脑,喃喃自语,便凑上来问。"我是说,这里的景色很好,比我们江南的家乡还好……""这迪化城好玩的地方多着呢,红山塔,纤庙子,鉴湖。有空我领你去,好吗?""好呀!"刘鹗把瘦小机灵的小乌鸦搂进怀里。"那你得答应我一件事,每天给我讲个故事,你讲的故事真好听,你答应吗?""好!小乌鸦。"刘鹗把他搂得更紧了。

鸿雁寄情

当时的城隍庙,几乎每隔一两天就有唱戏的。唱京戏、秦腔,戏台下那块宽阔的空地上可以容纳近千人。唱戏的锣鼓一响,庙里庙外就热闹起来了,这里是当时整个迪化城里最大、最热闹的娱乐场所。加之许多小摊小贩,卖烤肉的,卖烤包子的,卖奶疙瘩的,锣鼓声,唱戏声,做买卖的喊叫声,响彻庙里庙外。

每当这时,刘鹗就把自己关在戏台下第三间小屋里,展开书稿,读书写日记。在这孤寂的夜晚,在如豆的灯烛下,他的思绪,他的感情,常常飞过天山,飞过玉门关,飞到他显赫过的京城,飞到他的亲朋好友身边。

这一天,他写了三封信。第一封是写给他年迈的父亲刘子恕的。这位年已80的老人,一生博学多才,为人刚直,对刘鹗影响极大。刘鹗在信中除遥祝他身体安康外,他恳请父亲在清明时节代他在母亲的坟前多上几柱香,多烧一些纸钱。在这多灾多难的岁月里,刘鹗为自己未能在故乡为父亲尽孝而感到深深的悲痛和内疚。第二封信是写给天津《日日新闻》总编辑的。这家报纸当时正在连载《老残游记》续集的第一回至第九回。刘鹗想知道这家报纸每天安排了多大的版面,什么时候能连载完毕。对于这家颇有影响的报社力排众议,决定连载《老残游记》的续篇的支持,他表示深深的谢意。第三封信是他写给北京城里一位挚友的。他告诉这位曾患难过的朋友,他还活在世上,浪迹在西北玉门关外,请他转告那些关心他的友人,以释悬念。他在信中还请这位友人找到他1907年发表在《日日新闻》上的那篇《风潮论》社论,剪下来保管好,等来日他要亲自永久保留。

令刘鹗痛心的是,所有这些信发出去都如石沉大海。他不能留下自己的地址和姓名,也就是说,收到这些信的任何人,都无法给他回信。是呀,他今日在这迪化城隍庙,能保证明日在这迪化城隍庙吗?如果他刘鹗这两个字走漏了出去,会招来什么样的灾祸呢?流浪在外,家书胜千金,他却不能读到一个字的家书。想到这些,肝肠欲裂。他透过小屋里的小窗,望着明月下的天山雪峰,往昔的岁月,难忘的亲友,似乎都来到了眼前。可是睁眼一看,陋房破屋里,摇曳的小灯火苗,残片的书籍,以及自己投在灰墙上那清瘦的身影,此情此境,两行滚热的泪水从脸颊上滚落下来。

最令人悲痛的是,他的一字一句皆有血的《老残游记》续篇,已经在天津《日日新闻》连载,自己却看不到一张这样的报纸,看不到自己"棋局已残,吾人将老"时写下的东西,是怎样变成了铅字。一个舞文弄墨的人,盼望自己的作品发表,如今发表了,自己却见不到,这是多么难以忍受的折磨。

庙里的戏唱到半夜,刘鹗在孤灯下坐到半夜,他的眼在流泪,他的心在流血。

对联慰心怀

刘长腿似乎了解了他的心事,时时劝刘鹗,已经落难到这个地步,忧伤也是没有什么用的,何必日日陷于痛苦之中?想到这里,他觉得应该胸怀开朗一些。每日有点空，就和小乌鸦在一起，给他讲故事。讲着讲着，他也被机灵的小乌鸦逗得开怀大笑。小乌鸦每天早晚都来到他的小屋，把屋里屋外打扫得干干净净，利利索索。

有一天，小乌鸦对他说："你要是给你这屋门口贴副对联，该多好！"这话提醒了刘鹗，是呀，小乌鸦都能想到的事情，自己怎么就没有想到呢？可是，贴什么对联呢？他斟酌了好长时间，觉得应该以开拓胸怀、傲然骨气作为对联的内容为好。于是，他提笔写了一副对联，上下联各十个字。上联是：人莫心高，自有生成造化。下联是：事由前定，何须巧用机关。刘鹗喜爱这副对联，既反映出他厌恶官场的心情，也展示了他悟入空门的思想。尤其是下联中"何须巧用机关"六个字，实是对官场权术的鞭笞。对联写好了，小乌鸦高高兴兴地贴在他小屋的门上，拍手直叫好。小乌鸦对这副对联的内容并不能尽解其意，但对刘鹗这笔潇洒漂亮的书法，却惊叹不已。

这副对联贴出来不几天，有一个病人来城隍庙求医。他一见刘鹗，显得又惊又喜，拱着双手说道："医官大人，原来是你呀！"刘鹗定睛一看，来者不是别人，正是用一壶米酒为自己洗尘的春风剃头铺老板李文谦，他急忙上前谢礼，把他请进自己的小屋。两人叙旧长谈，自有一番深情。然后，刘鹗仔细地为他号脉看病，开了方子。刚把他送出小屋，这李文谦忽然回头看见门上的对联，竟瞪大双眼拍手叫好："这是你写的？"

"不！是别人写的，我只是把它抄写了一下……"

"好呀！就这一手好字在我们迪化城里到哪里去找呀？是不是请你抽点空，给我的店门口也写一副呢？"

"老板过奖了。如果你不嫌弃，我就给你写一副。"李文谦是刘鹗走进迪化城的第一位友人，对他早有感激之情，本打算要去店里专门拜望他的，今天李文谦因看病在此相遇，现在他提出要写副对联，他岂能怠慢。他当即又把李文谦请回小屋，"请老板先坐一会儿，我现在就给你写。"说着，他便提笔研墨："写个什么好呢？"

"小店是做生意的，写景写店，如何？"

"好。"刘鹗略一思考，在两张条幅的宣纸上写下十四个字：流水小桥垂钓影，春风深巷卖花声。

李文谦高高兴兴地把这副对联拿回去，贴在店门口，未想到，很快就轰动了全城,来观赏这副对联的人络绎不绝。

赠诗刘长腿

刘鹗给李文谦剃头铺写了一副对联:"流水小桥垂钓影,春风深巷卖花声。"与其说是给剃头铺的题墨,倒不如说是当时乌鲁木齐、特别是西大桥沿河一带风土的写照。李文谦将对联贴在门上,让人们都能观赏到这副对联和这苍劲潇洒的好字。从此,迪化城里更多的人登门找他,不仅有求医的患者,也有许多慕名的文人。

刘鹗把小乌鸦收作自己的徒弟,不但给他讲故事,更多的是教他读书、写字,教他练书法。小乌鸦天真、聪明,好学好问,成天左右在刘鹗身旁,给了刘鹗极大的快慰。有一天,小乌鸦对刘鹗说:"你为什么不给刘道士写点东西,对联呀,诗呀,他也是很喜欢的。""你说的好,我听你的。"刘鹗望着小乌鸦,哈哈笑了起来:"我自己来研墨、铺纸,你快去把刘道士请到这屋里来,现在我就给他写……"

未落难迪化以前,刘鹗几乎每天都要题诗作对。他文思敏捷,文才过人。他在落难前,已经感到有一股恶势力的威胁,他便借游历江河的机会,回避政局,但胸中却有很多积闷。当时他就写诗一首:"避风十月荒湾泊,又出荒湾涉怒涛,敢与波臣争上下,一枝木便萍任风飘。"他说的"波臣"指的就是袁世凯。果然不出所料,不久袁世凯等人就下达了对他的逮捕令。

不一会儿功夫,小乌鸦就把刘道士领到刘鹗面前。刘道士未跨进门槛就拱起了双手:"听小乌鸦说,你要为我题诗,我马上就跑来了,你能如此赏脸,我太高兴了。"

"不必客气,你对我的关照,难道还少吗?"刘鹗用一双诚挚的眼睛望着刘长腿,接着给他让坐,小乌鸦把茶端了上来。

桌上的纸已铺好,墨已研浓,刘鹗略一沉思,就提起了笔:"道入居市不居山,治病救人岂等闲。凭得阳春两只脚,一生九度玉门关。"写完,他双手捧给刘长腿:"诗、字都很浅薄,请多多包涵。"刘长腿接过去反复观赏,用手在自己那束白胡子上轻轻捻摸着,这是他最高兴最得意时的动作:"好!好!字好,诗更好,特别是诗中的最后一句,一生九度玉门关,写出了我一生的艰难困苦,也写出了我对道学的追求,不过……"说到这里,他伤感地叹了口气。

"不过什么呢？"刘鹗问道。"我还要走的，尽管我年纪这么大了，但我要十度玉门关，了结我一生的宿愿。"

"您一生的宿愿？"

"是呀，这迪化城隍庙并不是个正宗的道教之地，我还得回到五台山上去，去那山庙中造化……"

听说他还要离开迪化，还要去五台山，刘鹗觉得言语哽塞，也沉默了下来。

盼 望 大 赦

听说刘长腿还要回到五台山去深造，刘鹗心里更是暗暗伤神。他孤苦伶仃一人来到这迪化，刘长腿是难得的知己，失去了他，日子将会变得更加的孤独。

他为人看病，只索取微薄的收入。别人求他写点诗词字贴之类的东西，他是从来分文不收的，日子倒还平稳。

1908 年 11 月 14 日和 15 日，光绪皇帝、慈禧太后相继死去。刘鹗到迪化时已是宣统元年。按理，宣统换朝，对所有罪犯，特别是政治犯，都应该大赦。刘鹗是完全可能被赦回故里的。但是，他的这种盼望终于变成了失望。不久，他给友人毛实君写了封信，表述了自己的心情。信中说："……本月中旬，联大帅以奉改元，大赦恩诏，将新疆所有京外发来监禁及效力罪员共三十二名，一律开单奏咨请旨。闻十六日折已拜发。如执政仍是'项城'，则无望矣。幸南皮仁厚长者，可有赐还之望……或者鹗竟获生入玉门也乎？"他听见大赦他们的奏折已经呈了上去，他盼望有位仁厚的长者出来说话、办理，使他刘鹗又能度过玉门关，回到他日夜思念的故里。但是，他也看到了这种可能性的渺小。袁世凯的别号叫项城，刘鹗深知袁世凯这个人阴险狡诈，心狠手毒。所以刘鹗在信中预料到：如执政仍是项城，则无望矣。刘鹗平素对袁世凯就有恶感，不愿与他交往，保持着一种傲然的骨气。他想有幸遇到一位仁厚的长者，但他知道这也是不容易的。越是这样，他越是思念自己的亲人和故乡。但他不让自己的亲人知道他在这种痛苦中的生活，便写信劝慰亲人，叫亲人不要牵挂他。他给爱妻芳卿的一封信中写道："新疆米为天下之冠，鸡猪果蔬，无一不佳，人以其远，皆不肯离去，其实名利之捷径也，去者无愿回者也。"他这样安慰着自己的妻子。那么，他一个罪犯在新疆怎样生活呢？他在给弟弟的一封信中写道："已函告家中，以后无庸寄款。兄拟温习医理。到新疆后，尚有数月嚼用。此数月间，谋一吃饭法，当不难也……"在写这些信时，他没有告诉自己在城隍庙的一间破屋里，如果万一要给他寄信，可寄到"新疆省六省巷王成享转交。"

大赦无望，举目眺望博格达峰，只能把自己的思恋之情，托付给山上那朵白云，带去远方。在这些淡泊的日子里，刘鹗也读读岑参的诗、纪晓岚的诗，特别是这些诗人对边疆风光的描绘，令他倾慕。他自己则每隔一两天便写一篇日记，并把自己对医药、治河以及甲骨文的研究，记述和整理出来。他在等待着，还会有为国效力的机会。

达坂城送别

不久，宣统登基，赦令传到边疆。长期流放新疆的犯人纷纷被赦，连两名"永不释回"的大罪犯宋伯鲁、裴景福也都蒙恩南归，可就是不赦免刘鹗。

也就是这个时候，刘长腿决定动身去山西五台山。他对刘鹗说："此次南行，已是十度玉门关，可能是一去不复返了，希望你多加珍重。"刘鹗望着刘长腿，看到他头发、胡子都越来越白，脊背也越来越弯，越来越佝偻了，觉得心里很难受。他本来想劝他在城隍庙再住一年半载，自己也有个知已相伴，但他收住了这些话，对刘长腿说："你早该投奔五台山，坐化成仙。我和小乌鸦为你送行。"

这天一早，刘鹗就叫小乌鸦套上马车，帮助刘长腿收拾好行装，迎着秋风，经燕儿窝、柴窝堡，直奔达坂城东去。

达坂城是一座历史悠久的城镇，南北交通的咽喉，古代的游牧人把它称为"喀喇巴尔噶逊"，意思是"黑虎城"。清朝道光年间，江西余千县知事史善良被流放来迪化时，路过这里，作《达坂城》诗一首："山路却平平，中分南北界，关北属轮台，白战雪不败；关南吐鲁番，二月桃花卖。行人将过山，锦裘各备带，咫尺异炎凉，咄咄事称怪……"望着巍巍的天山和深长的峡谷，刘长腿深知，只有对至亲好友，才送别到这达坂城。他站在达坂城的峡口，对刘鹗说："你今天为我送行，可你离开迪化时，我却不能为你送行了……"

"我为他送行,也送到这达坂城……"小乌鸦抢过来说。"好!小乌鸦,我走后,你要更好地关照这位刘道士……"说到这里,他抚摸着小乌鸦,眼睛望着刘鹗,眼角流出了泪水,"你这个'罪犯',到底犯了什么罪呢?""唉,我在山东治理黄河时,得罪了袁世凯。山东巡抚张曜看不上袁世凯,不重用他,袁世凯以为我在里面搞鬼……""那么,你现在怎么办呢?""现在袁世凯的日子不会很好过的。我想,用不了多久,我会回到故里,或者回到京城的……""这就好,我到了内地,探听到什么消息,一定想办法告诉你。""这就拜托你了……"说完,他为刘长腿写下了告别诗一首:"道人长腿辞天山,治病行医岂等闲。此后应于梦中见,远涉瀚海度玉关。""送君千里,终须一别,你们请回吧!"说完,刘长腿甩开长腿,向东走去。

卧病著医书

刘长腿飘然一身,甩开长腿,投奔五台山。刘鹗送别达坂城,望着他远去的背影,更加思虑自己何日也能踏上东归的路程。路途漫漫,人世坎坷。发配新疆的大部分罪犯都已获赦,一个个都高高兴兴地走了,惟独他刘鹗,大赦的名单中却找不到。在惩治刘鹗时,袁世凯对人说过:"有刘某人在,我的日子是不会安稳的。"看来,盼望大赦的希望是没有了。

他坐着马车回到小屋后,便病倒了,躺在床上,四壁空空,感到更加孤寂和难受。他看着窗外那根枯干的树枝,光秃秃的没有丝毫生气,只觉得眼泪也没有,悲伤也没有,一切都是空的、灰的、冷的。小乌鸦把熬好的药给他送来了,他拉着小乌鸦坐在床边:"你陪我坐坐好吗?不要离开我。""我不会离开你的。""我给你讲故事,我给你讲神仙,讲阴曹、地府,你知道阴曹吗?人死了住的地方。""你不是说过,人有病不要老是躺在床上,要多在地上走动吗?先把药喝了,我扶你到院子里走走。"聪明的小乌鸦知道他此时的心境。他的病不重,倒是心事太重。刘鹗望着小乌鸦,像个小孩似的,顺从地从床上起来,由小乌鸦扶着,走出了小屋。他抬头看见贴在小屋门上的对联:"人莫心高,自有生成造化;事由前定,何须巧用机关"。这尽管是自己书写海瑞的两句话,当时的意思是劝醒自己虽然含冤域外,但要安于淡泊。怎么遇到一些不愉快的事,就自寻烦恼,卧床不起呢?

等到走出庙门,在宽阔的大院里,在明媚的阳光下,他昂首望着庙宇殿堂上那大匾上的四个大字:"观人观我"心里更感到阵阵不安。"观人观我"这四个字,是学问超群的九旬老道苏理堂题写的,它高悬在庙门的顶端,是一幅壮观的大匾,更是一篇警世的哲言。人们来到这里,不管想些什么,说些什么,咒些什么,看见这四个大字,都会立即想到反省自己。刘鹗的心情此刻也是如此。他在一块石墩上坐了一会儿,便对小乌鸦说:"我们回屋里去吧,你给我磨点墨,我要写东西。""你要写什么呢?你不是有病吗?""我就是要写我的病,写给没有病的人看,写给会比我活得年岁长的人看……"

回到小屋,小乌鸦给他磨好了墨,从木箱子里给他找出了《伤寒金匮》、《医宗金鉴》、《医方解集》、《本草从新》等几本当时颇有影响的医书,又给灯盏里加满了清油,便走了出去,让刘鹗一个人静静地在小屋里用功。

孤灯斜影

刘鹗写的这本医书,定名为《灵合伤感集》。写到一半,经过斟酌,他将书名又改为《人寿安和集》,这都是他数十年对医药的悉心研究,结合自己的实践,写出的一些卓有见解的医道药理。

夜是静的,一盏孤灯,把他佝偻而瘦长的身影投射在灰暗的墙壁上。写着写着,他脑子里突然浮现出纪晓岚的一首乌鲁木齐杂诗:"万里携家出塞行,男婚女嫁总边城。多年无复还乡梦,官府犹题旧里名。"人们万里来边塞,身边携儿带妻,还反复做着返乡梦。我刘鹗孤身一人,灯影为伴,何日休矣!他想起十年前的一些事。

当年他到了山西,目睹国难民穷,便向山西巡抚胡之投书,建议利用外资开采潞安、泽民、泌明、平安的铁矿。他在呈文中写道:"蒿目时艰,当世事百无一可为,近欲以开晋铁谋于晋抚,俾请于朝,晋铁开则民得养而国可富也。国无素蓄,不如任欧人开之。我严定其制,令三十年而全路矿归我。如此则彼之利在一时,而我之利在百世矣。"这完全是一个忧国忧民、有理有利、且又肝胆相照的建议。但却有人弹劾他,说他是出卖国土的汉奸。这也成为他充军新疆的一条罪状……想到这些,他从案子上愤然而起,在屋子里急促地踱着步。他什么也写不出来了,只是呆呆地望着自己那瘦长的、倾斜的身影在墙壁上晃来晃去,一会儿肥瘦,一会儿长短。他长吁一声,颓然倒在床上,感到天旋地转,心肺绞痛,是积郁成疾,真的病了,还是"观人观我",连自己也不认识自己了呢?

小乌鸦之死

第二天晚上,城隍庙的戏台格外热闹。迪化城里有个商人,盼望儿子打仗安全归来,曾在这城隍庙唱了几天戏。不久,儿子果然回来了,商人很是高兴,把城隍庙的戏台修整一新,挑最好的戏在这里连演三天。这天演的是关汉卿的名戏《窦娥冤》。这出戏在迪化是第一次演,锣鼓一响,城隍庙里人山人海,好不热闹。

刘鹗却牵挂着一些正在诊治的重病人。其中有几个是刘长腿诊治过,临时向刘鹗嘱咐过的,他把那四户不能断药的病户,开个药单和地址,把药拣好包好,让小乌鸦一家一家送去。他对小乌鸦说:"你要在戏散以前赶回来。"然后,他端了个小板凳,坐在戏台下看《窦娥冤》。

这四家病户住得零落分散,从北门、山西巷子到老满城都有。小乌鸦尽管对迪化城里的大街小巷都很熟悉,但是,晚上漆黑一团,又刮着风,他匆匆地走着,跑着,汗水浸湿了衣衫。但他不感到苦和累,刘长腿、刘鹗的慈善心肠一直在感染着他。人活在世上,就要多积德、多行善.到了阴间也不会受到亏待。他只有一个心愿,快快把药送到病人手里,赶向城隍庙,说不定还能看会儿戏哩。想到这些,他的脚步更快了。

把最后一包药送到老满城的一个孤老头家,他两手空了。他得意地转过身,跳着,小跑着,往回赶。这时,夜已很深了,一直就没有停的风,刮得更大了。他走到西大桥,看见刚才还不是很大的洪水,现在快漫到桥面上了,他觉得挺好玩,那滔滔的洪水,翻滚着,回旋着,还发出哗哗的响声。他走到桥上,看见迎面一辆小毛驴车拉着麦子,在桥面上被什么卡住了,动弹不得。他急忙上去帮着在后面推,使了好大的劲,终于把小毛驴车推到了桥头。小乌鸦擦了擦汗,转身赶路。

当他走到桥中间时,一阵狂风刮来,他身子一斜,摔倒在桥面上。摔得并不重,他立即爬了起来,两条瘦小的腿还没有完全站稳,突然又一阵飓风,从红山嘴那个山谷里翻了过来。它来得那样凶猛,劈头盖脑,向小乌鸦刮过来,并发出呼呼的尖叫声。小乌鸦觉得双腿悬了空,他轻飘飘被什么东西托起，斜斜地倒了下去。但他不是倒在桥面上，而是倒在桥旁的栏杆上。他本能地紧紧抓住一根粗大的栏杆，那栏杆发出一阵吱吱的响声。突然，咔嚓一响断了，小乌鸦和那截栏杆一起，重重地倒在滔滔的洪水里。小乌鸦并没有意识到发生了什么事情。

在 孤 寂 中

城隍庙的戏唱到三更才散。刘鹗发现小乌鸦没有回来，他很着急。先在庙里找了一圈，不见踪影，他赶忙上街找。他走着喊着，又一户一户地把那四户病人的家都找了一遍，最后找到住在老满城的孤老头。刘鹗一算，小乌鸦从孤老头家出来，早该回到庙里了。他心里感到越加不安，便迎着寒冷的夜风，走过大街小巷，走过洪水滔滔的西大桥，呼唤着小乌鸦。

清晨，街上的行人说，昨夜洪水冲到下面两具尸体，在下游的河滩上。刘鹗急忙赶到那里，发现了心爱的小乌鸦。小乌鸦平平展展地睡在那河岸上的一棵大树下，眼睛、嘴唇都紧紧闭着，一脸的稚气，一脸的天真。刘鹗呆呆地望着他，感到天旋地转，两条腿有些打颤。忽然，他"扑通"一声跪在小乌鸦面前，慢慢脱下身上的长大褂，轻轻地盖在小乌鸦身上，他没有说一个字，没有掉一滴泪，只是呆呆地久久地望着他……

小乌鸦是个从来没有享受过亲人抚爱的孤儿。刘鹗在北门的棺材铺买了一副价值最贵的棺材，买了一身寿衣，把他入殓埋葬，并且为他立了一块碑。碑文是：孤独伶仃长不大，不知不觉升天——仙童小乌鸦之墓。

回到城隍庙，刘鹗真的病倒了。他守着一间破屋，如梦如死，恍恍惚惚，一阵穿堂风吹来，门框发出吱吱的响声。他看见小乌鸦迈着轻轻的脚步，给他送饭、送药来了，还有喷香的烤包子。然后，他站在案前，给他研墨，用一个笨重的瓦盆，给他洗刷毛笔。他睁开眼睛，却什么也没有，只有呼啸的风声，以及从街上远处传来的打更声。他这才感觉到，在这座迪化城里，在这整个世界上，最寂寞，最孤独，最可怜的是他刘鹗。

就这么着，刘鹗似醒似梦，似梦似醒地在床上辗转煎熬。拂晓，只听门"吱呀"一声被人推开，进来了两名男子，向他躬腰作揖："老爷，我家病人在床，请你诊治。"刘鹗一听病人向他求医，赶忙坐起来，刚站到床边，觉得头昏昏，眼花花，腿也不听使唤，身子晃了一下，又倒在床上。他向那两位男子说:"很不巧,我自己身上的病也不轻呀!""这不要紧,我们专门抬来了轿子……"

刘鹗又重新站起来。两位男子急忙上前搀扶着他,把他扶进庙门口的轿子里。

到了病人家,刘鹗从轿子里下来,进得厅堂,只见红木桌椅,窗明几净,靠墙的一个玻璃柜子里,摆放着碧玉、玛瑙、珊瑚、怪钟古玩等,倒也是一个书香富贵人家。"病人呢?在哪里?"刘鹗正开口询问,忽见一位秀美的女子站在他面前:"老爷,病人就是我呀!"刘鹗一看,这不是别人,正是自己和刘长腿给她治过吐黑血病的金陵女士。

窘境何来风流

刘鹗一看请他的人是金陵女士,正要再问些什么。金陵女士又开口了:"今天我用火锅炖了南京的竹笋和甲鱼,为你压压寒气,你是第一次来迪化过冬,这里的冬天来得早……""你的病……""我的病经过你和刘长腿道士一起诊治,早就好了。今天说请你来看病,是怕不这样说,你不肯赏光。"说着,她给刘鹗斟满了酒:"这是新疆沙枣酒,在我们江苏老家是喝不到的,请!""怎么?就我们……"刘鹗一看,只有他和她两人。"你治好了我那难治的病,我今天给你敬几杯薄酒,不应该吗?"

此刻的刘鹗,还没有从痛苦、孤独、烦闷的心情中解脱出来,望着金陵女士那诚挚、热情的眼睛,望着火锅冒出青青的火苗和腾腾的热气,他更加恍惚了。他端起了杯子,脖子一扬,那飘散着沙枣花芳香的酒全都倒进了肚里。酒过三杯,更加恍惚朦胧了,他只觉得全身比刚才在城隍庙的孤灯下暖和、舒服得多了。很快,眼前的火苗、灯光、酒杯在晃动,在起舞。他觉得身子慢慢升了起来,小乌鸦拉着他的手,被波浪涌上了浪尖,越升越高,升向一个他不认识的地方,那大概是天堂吧。突然,一个猛烈的浪涛向他打过来,把他卷入一个黑洞洞的漩涡,沉到了水底,小乌鸦挣脱了他,不见了。刘鹗喊叫了一声,睁开了眼睛。怎么,我这是在哪里?"这是什么地方?这是什么时候了?"

"这是我的家,现在已经打完三更了,离天亮还有一会儿哩。"金陵女士在他身边,"清醒了就好,把这碗莲子汤喝下去,一会儿就好了。"

刘鹗这才发现,他此时正躺在金陵女士的卧室,屋里散发着一股女人的芬芳,特别是床上的绣枕、缎被、香巾,使他觉得落入了难堪的境地。他急忙下床,却被金陵女士拦住了,"老爷,你再躺一会儿,到天亮就好了。""不!我怎么能睡在这里呢?""你为什么不能睡在这里呢?你是我的客人,是我请你来的呀……""你为什么要请我到这里来?""你看好了我的病呀!"

"我看好病的人太多了,不!还是让我回去吧!"他试图站起来,仍然是头重脚轻。"我不会让你回去的,不但是今天不让你回去,这几天我都不会放你走。""那么,你这是为什么?""我怕你一个人在城隍庙那间破房里会疯掉,会死掉。"说着,金陵女士把桌子上的莲子汤端起来,送到他的嘴边。

天涯沦落人

喝完了那碗莲子汤,刘鹗才算完全地清醒过来。夜深沉,万籁无声。整个城市似乎都已沉入梦乡。几个月前是那样黑瘦憔悴的金陵女士,经过调养恢复,如今显得那样白净妩媚,此刻,她轻衫薄衣,就坐在刘鹗床头的一把藤椅上。

刘鹗是位作家,他笔下的女人,都描绘得多姿多彩,栩栩如生。评论家说,他观察景物、女性,有独特的眼光,出神入化。但此刻,这静静的深夜,在这如豆的一盏灯光下,望着身边的金陵女士,他心里翻滚着什么,想说些什么,问些什么。然而,他什么也没有说,什么也没有问,只是用一双眼睛,久久地望着她。

这倒使金陵女士不安了:"你为什么要这么看着我,要不你闭上眼睛,要不你陪我说说话……"她抽出一个绣枕,让刘鹗在红木的床栏上靠着,她身上的芳香向刘鹗袭来,"你看好了我的病,只是一方面,这迪化城里,你是我见到的最有学问的一个人。再说,我们还是江苏老乡呀,故乡人,三分亲嘛……"说到这里,她觉得该把想说的话说出来了,"我知道,自从那个叫刘长腿的道士去了之后,又放掉了那么多充军新疆的罪犯,惟独没有让你回老家和亲人团聚。前天,你身边的小乌鸦又被淹死了。这些日子,你天天在唉声叹气中过,我真怕你出事……"

"谢谢你!"这是一个善良的女人,这样的女人,一定有她自己的不幸。刘鹗很感谢她,他终于开口了:"你现在怎么样了?"

　　"你这不是也看见了……"她指了指挂在墙上的一个装有黑纱的镜框："自从他死了以后,三年多了,我连个说话的人都找不到。我这吐血的病,正是闷出来、积出来的呀!"

　　啊!天涯沦落人。不觉之中,天山上露出一抹淡淡的红色,拂晓了,天快亮了。这是一个美好的清晨。刘鹗从床上起来,梳洗完毕,对金陵女士说:"只怪我喝过了头,醉倒在你床上,失礼了。我这就回城隍庙去。"

　　"不!你不能走。你就在这里静养几天,身体就会好些的。"

　　"我又没有什么大病,养什么呢?"

　　"非要有什么大病吗?你近来忧郁的心病还轻吗?那空空的城隍庙你离开几天不行吗?"她的神情,有责怪,更多的是热心和怜悯。

　　刘鹗对她的心意表示感谢,但仍然拗不过她不让他走的决心。最后,刘鹗说:"那好,我就住几天,也好把你的病再细细查诊一下,不过你得答应我一个条件。"

　　"什么条件,你就尽管说。"金陵女士见刘鹗已答应住下,便高兴地望着他,并吩咐下人给刘鹗准备早点。"我不能住在你这屋里,就在那饭厅或者过道拐角那块地方,搭几块板子当床。避开吵吵嚷嚷的城隍庙,在这里休养几天,我就听你的了……""我还以为你要睡到屋顶上去呢……"金陵女士诙谐地笑了。她终于留住他,有了报答他的机会。

　　在这几天的日子里,刘鹗真是饭来张口,衣来伸手,顿顿有好酒,餐餐有鱼肉。金陵女士时时陪在他身边,唠唠叨叨地向他说着,说她孩提时的故事,说江苏老家的风俗。刘鹗本想在这静静的环境里写点医书或日记,却始终没有写出一个字。然而,他的心绪却是好的,欢愉的。特别是在静静的夜里,坐在临窗的藤椅上,望着远处的天山和博格达雪峰,回忆起童年的生活,家乡的小河小溪,孩童时常常爬去偷吃瓜地的瓜……惟有这时,一切忧郁烦闷都抛去了,一颗有血有泪的心又回到了那如诗如梦的往昔。

　　这样的日子毕竟是短暂的,短暂得像飞逝的流星。

　　刘鹗重新回到城隍庙后,比原来更感到孤独。不久,刘鹗忽然得到消息,袁世凯终于被清政府罢黜。他非常兴奋,赶忙给兰州的朋友写了一封信:"计部文到迪,当在近日,弟蒙释即行,约到兰州,总在冬初矣……"他要等到释放他的部文一到,即可动身到兰州。他的心,已飞过玉门关。然而,十天,二十天,仍无任何消息。

生 死 之 谜

有一天,陕甘人与天津人因闹矛盾,在城隍庙的庙会上打了起来。在清明节,红山庙会又械斗了起来,一名叫田熙年的天津营长打死了一名陕甘籍士兵,陕甘人晚上在大街放火示威,专烧大十字一带的津商店铺,大火烧了一夜。一天深夜迪化高等学堂的学生也上街闹事,放火,打开监狱放人。刘鹗常常坐堂抓药的元泰堂药店也被大火焚烧,见到这些情景,刘鹗不知如何是好,城隍庙也呆不下去了。认识他的人对他说:"你还在城里转悠什么,怎么还不跑呀?"

"我往什么地方跑?""你愿意往什么地方跑就往什么地方跑,还有谁管你哩?"刘鹗上街一看,不得了,迪化城里最大的津广商行绸缎呢绒店着火了,那大火烧红了半个天空,整个城里人喊马叫,乱哄哄的。刘鹗急忙回到城隍庙,收拾了行装,匆匆跑了出来,迎着熊熊的大火走了。

刘鹗在大火中出走。从此,他也就永远失踪了。他后来是怎样死的,死在什么地方,至今众说纷纭,是个谜。

一般的记载,说刘鹗"这位在风波中潦倒一生的文人,于1909年底销声匿迹了",他"罪戍新疆而死"。新版的《老残游记》里,也说他"终于被诬陷,死在中国的新疆",甚至有人写文章说:"x月x日他早晨起床时,失足滑倒,诊断为中风,虽竭力抢救,终于无效,于当天死去了。于是,有人就在迪化城寻找到了他的坟地,坟前还有刻着他名字的石碑。""荒坟长满蒿草,也很颓败。棺材已腐朽了,大致上还能看出个轮廓。启开他的棺木,我们全惊得目瞪口呆,原来,棺材中并没有尸体,而是一具用整根胡杨木雕刻的人形。这人形如同真人一般大小,还身着绸缎。大家望着木雕,不知怎么才好……""除了木雕像,棺木中还有几件随葬品:三方图章,其中一方是以甲骨文入印……"于是,有人坚持认为:"刘鹗以假死销案,然后隐姓埋名,在群众的掩护下,避居陋室。街巷放火,迪化大乱,他便乘机化装出走,回到故里,于宣统三年夏,病死于故里……"

1982年10月17日,上海《文汇报》记者报道,在刘鹗家乡新发现一批有关刘鹗的珍贵文物资料,其中有刘氏1905年、1908年、1920年的日记共四册。专家们认为，日记一直是刘鹗随身之物，他不可能邮寄或托人带回家乡，而是他自己亲自带回家乡的。这就进一步为刘鹗到底死在什么地方，增添了神秘的不解之谜。

更有趣的是，有人还流传着刘鹗回到家乡后，写给他留在迪化的一个小老婆的信："自庚戌中秋仓促东返，沿途之苦状不一而足。勉力于庚戌除夕抵济阳故里，北堂老病，见余归而爽然若失……自归故里，旅途劳碌，偶然风寒，人生悲喜又集于一时，竟染重病。自知将一病不起。每思爱妻娇子，不意竟成生离死别……余故后，尔母子可在迪化定居，不必措意东返……"显然，这封信是被后人杜撰的，自不可信。刘鹗落难迪化，短短一年，布衣淡饭，忧患度日，哪里娶什么小老婆呢？但这些杜撰也说明，刘鹗飘然来去，在大火中突然失踪，从此杳无音讯，人们对他的最后归宿，最后的死亡之地，颇感兴趣。又因找不到有说服力的答案，于是推测、设想、杜撰的东西也就出来了。

直至今日，乌鲁木齐的群众还在怀念着刘鹗。他那长年穿着长袍的瘦长身材，他嘴唇上的两撇八字胡，他柔声细气的语音，他慈善和蔼的神态，一些老人还能绘声绘色地说出来。老人有些迷信，说刘鹗没有死，他是升仙去了。

杀害毛泽民的凶手伏法记

公审大会六小时,八万群众齐控诉,公审大会上王震讲话,包尔汉担任审判长。

一

1949年8月26日,兰州市获得解放。第一野战军一方面军在彭德怀、王震率领下,乘胜西进,沿河西走廊横扫残匪。"闯过玉门关,凯歌进天山。"一个月后的9月25日,新疆警备总司令陶峙岳以及新疆省政府主席包尔汉分别代表国民党新疆部队和省政府,通电全国,宣布起义,同国民党政府脱离一切关系。9月28日,毛泽东主席、朱德总司令电贺新疆军政当局和平起义。10月24日,一野六军十七师乘飞机从酒泉飞抵迪化市(今乌鲁木齐市)。与此同时,一野二军所辖步兵、骑兵以及战车团,浩浩荡荡从星星峡山口进入新疆,越天山,跨戈壁。短短一个月时间,160万平方千米的新疆大地红旗飘扬,人民解放军接管了各级军政机构,组建新政权。12月17日,新疆省、市人民政府宣布成立,包尔汉任新疆省政府主席兼任省人民法院院长,王震任新疆军区司令员。

人民的新政权建立后,很重要的一项任务便是肃清一切反革命分子。

新政府根据中华人民共和国共同纲领第七条关于镇压反革命分子之方针,结合新疆具体情况,执行中央对反革命分子"首恶必办,协从不问,立功受奖",镇压与宽大相结合的政策,有计划、有步骤地在全疆范围内展开了剿匪、肃特、镇反工作。一年时间,逮捕、活捉以及俘、降、伤、毙13566名,缴获各种枪支5600多支。在这场声势浩大的肃反运动中,那些凶残、狡猾、作恶多端的反革命分子纷纷落入法网。杀害共产党人毛泽民、陈潭秋、林基路等同志的刽子手李英奇也被活捉归案。曾经杀害过无数新疆各族群众以及进步人士的李英奇,当时任迪化市公安处长。解放军进军新疆的马蹄声,使他心惊胆战,感到罪恶难逃。他携带了一批在新疆掠夺的黄金财宝,带领几个贴身心腹,悄悄离开新疆,潜逃到了兰州,筹谋着下一步的逃跑之路。人民解放军接管迪化后,在清理敌伪人员时发现李英奇等人失踪。获悉他已携武器逃往兰州,立即派出一支精悍的缉捕小分队赶赴兰州,与兰州驻军一起,依靠群众,展开侦察缉捕。很快,这个乔装打扮,身藏双枪的刽子手在兰州郊区一个车马店内被我缉捕小分队活捉,随即押回新疆。

新疆各族群众闻讯奔走相告,许多对李英奇的控诉状和揭发材料送到了政府有关部门。对李英奇等一批刽子手所犯罪行的调查工作也在紧张进行。

二

1951 年 4 月 29 日,李英奇等一批罪大恶极的反革命分子被押上公审大会。

天山愤怒了,辽阔的新疆大地愤怒了。

4 月 29 日,从清晨开始,迪化城里通往和平广场(今人民广场)的各条大街小巷,挤满了各族群众,几乎是全城的男女老少,部队战士,机关干部,学校师生……顶着风沙,排着整齐的行列,拥向广场。大家同仇敌忾,要在这里公审各族人民的公敌。很快,广场里汇集着八万多名各族群众。在公审台的最前面,坐着刚选举出来的来自天山南北的新疆省首届人民代表大会的 500 余名人民代表。他们怀着无比的愤怒,代表全省 530 万人民参加公审。

在公审大会上,新疆军区司令员王震首先讲话。他说:"人民胜利了!为巩固胜利,这些屠杀各族人民的刽子手,破坏人民革命事业,抢劫人民财产,出卖国家的罪犯和匪徒们,今天要由人民国家的法律制裁他们。人民要求惩办他们是公正的,正义的。代表人民保护人民利益的人民政府要坚决接受人民的要求,将人民的公敌,依法严惩镇压,否则,人民胜利的果实,就不能保护,人民革命事业亦不能向前发展。"

王震司令员的讲话,不时地被全场的掌声打断。

上午 11 时,审判长包尔汉开始主持公审。随着他一声令下,匪首李英奇、富宝廉、张光前、乌斯曼、刘汉升、张思信、林储才、何贵庭等一批反革命罪犯由公安部队押到公审台。这时,激昂有力的口号在全场响起:坚决镇压反革命分子!坚决贯彻惩治反革命条例!接着,省人民检察署的两位代表分别用汉语和维吾尔语对这些罪犯提起公诉。当公诉词中列举到盛世才帮凶李英奇等反革命屠杀罪行时,李英奇感到末日的来临,他浑身颤抖着,更不敢抬头看台下数万名愤怒的群众。公诉词一结束,各族各界代表以及受难者家属便争先恐后拥到专门设置的"控诉台"前,向李英奇等反革命匪首进行血泪的控诉。63 岁的马维政老人从怀里拿出儿子马宗贤留苏时的照片和毕业证书说:"我儿子从苏联留学回到新疆,只是看了看列宁选集和斯大林的著作,李英奇你们这些匪首便把他抓起来杀了。你还我儿子啊!"说着,马维政老汉向李英奇扑去。王喜凤的丈夫是被李英奇等匪首大解八块惨杀的。她嘶哑地哭泣着说:"我请求把子弹留下打美国鬼子,我们也要把李英奇大解八块。"57 岁的杨氏泣不成声地说:"我儿子在新疆学院上学,李英奇这刽子手也把他抓去整死了,我那个结婚不久的儿媳妇因想念自己的丈夫,不久也忧郁成疾死去了。老头子更是心痛独生儿子和儿媳妇,精神失常,不久也死去了。李英奇刽子手害得我一家好苦啊,今天我向这个刽子手要我的儿子,要我的儿媳妇,要我的丈夫……"

人们听着,哭着,要求上台控诉的人一个接一个,当场提交给省人民法院的控诉书和请求书便有 270 余件。

在控诉台上,刘护平同志代表被盛世才匪首逮捕坐牢及遇难的 132 名革命同志提出控诉。他说:"为了解放新疆各族人民,以陈潭秋、毛泽民、林基路等同志为代表的共产党人,来到新疆,进行着英勇的艰苦斗争,直到被关进牢房,他们坚决不屈服,不投降,绝食六七天,最后,李英奇等刽子手将他们杀害了。今天,我们要为死难者报仇,为生者伸冤。

三

往昔的一幕,恍如昨天。

　　1935 年开始，一大批共产党人先后来到新疆，开展党的革命工作。这些同志有滕代远、邓发、陈云、李先念、程世才、李在焕、周小舟、李卓然、黄火青、曾三、张子意、邓力群、马明方、方志纯，以及惨遭杀害的毛泽民、陈潭秋、林基路等。

　　林基路 1938 年 3 月从延安来到新疆，不久担任新疆学院教务长。当年 11 月，毛泽民从苏联来到新疆，他化名周彬，担任新疆财政厅厅长。毛泽民 16 岁投身革命，在延安时曾担任中央农工银行行长，是一位理财好手。他到莫斯科治病并进行考察后，是在返国途中奉指示留在新疆工作的。一年后的 1939 年，已当选为中共中央委员的陈潭秋，受党中央派遣来到迪化，化名徐杰，接替调任回延安的邓发同志的工作，担任八路军驻新疆代表。这些同志到达新疆后，在极其艰苦的环境里开展工作。毛泽民上任省财政厅厅长后，即着手整顿新疆财政。制订"三年计划"，改革新疆币制，发行"新疆建设公债"等。他在自己的办公室支一张木板床，一日三餐自己动手做，每天剩的蔬菜，他总是洗净切碎，按照湖南人腌泡菜的方法腌在缸里，一点也不浪费。腌几天以后，把底下的翻到上面，再把鲜菜压在底下，小缸里腌的咸菜总是满满实实。来了客人，他也少不了以缸里的咸菜招待。直至今天，一些老人还津津有味地回忆毛厅长腌的咸菜。林基路后来任库车县、乌什县的县长，他走到哪里，为群众谋福利到哪里。在库车县，他亲自勘测、设计，带领各族群众修建了"龟兹古渡"大桥。在乌什县，他与各族群众一起，在县郊一个山坡修建了"燕子山公园"，直到今天，"龟兹古渡"、"燕子山公园"都是各族群众瞻仰、游览、休息的名胜之地。就是这么一些一心一意为新疆人民办好事的共产党人，竟惨遭杀害。

　　1942 年春，第二次世界大战进入决战，希特勒百万部队包围了莫斯科，进攻斯大林格勒。中国的抗日战争也处于相持阶段，这时，盛世才撕破进步的伪装，反动面目逐步暴露。1942 年 9 月 17 日，盛世才一手制造所谓"阴谋暴动案"，由李英奇等匪首分批逮捕在新疆的共产党人，毛泽民、陈潭秋、林基路等同志先后被捕。这些同志在敌人的严刑拷打面前，坚守革命气节，与敌人展开了针锋相对的斗争，他们在狱中开展绝食。1943 年 3 月，林基路在狱中写成《囚徒歌》，由难友谱曲，在狱中广为传唱，鼓舞大家的斗志。狱中的同志更加团结，更加坚定，不投降，不屈服。敌人无奈，于

1943年7月,由李英奇、张光前等刽子手在新疆第二监狱内将毛泽民、陈潭秋、林基路三人用绳索活活勒死。李英奇拍摄了三位同志遇害时的照片送到盛世才手中,盛世才又将这些照片派专人送到重庆蒋介石手中邀功。事后,李英奇受到蒋介石嘉奖。

四

公审大会进行到下午近5时,八万名群众在广场上依然队列整齐,不时传出"坚决镇压反革命"、"为死难烈士报仇"、"为无辜群众报仇"等口号声。要求发言,要求控诉的人还继续拥向控诉台。这时,审判长包尔汉站到台前,进行了庄严的宣判。包尔汉说,根据检察机关的起诉和各族各界人民的发言,今天受审的罪犯均系血债累累、罪恶滔天的反革命匪首,其罪行,已构成中华人民共和国惩治反革命条例的第三、第四、第五、第七、第九、第十、第十七条等所指之罪,均处以死刑,绑赴刑场,一一执行枪决。

这一判决宣读后,八万名群众莫不欢呼称快,大家欢呼"拥护中国共产党"、"毛主席万岁",激昂的口号声交织着悲愤,变成了巨大的力量。当公安部队将李英奇、富宝廉、张光前、乌斯曼等25名罪大恶极的匪首、刽子手们绑赴刑场的时候,被害家属和数万名群众也一起奔赴刑场,他们要亲眼看着这些蒋匪特务,这些刽子手们怎样倒毙在人民的面前。

在东门外的一片旷野上,各族人民亲眼看着李英奇等这些杀人的刽子手、人民的公敌,随着正义的枪声在他们的面前倒下去了。

五

1956年清明节的前夕,新疆暨乌鲁木齐市人民政府在南郊风景秀丽的燕儿窝地区,修建了毛泽民、陈潭秋、林基路烈士陵园,以及烈士纪念馆。毛泽民、陈潭秋、林基路长眠在这里,纪念馆里陈列着他们生前的遗物。

彭加木失踪前后

他为彭加木开车走天山南北；

他在他的小车里发现彭加木留下的那张小纸条；

他为彭加木选点修建纪念碑；

他陪同彭加木夫人夏淑芳寻访；

他向笔者讲述许多鲜为人知的事情……

王万轩去年 7 月退休时是新疆科学院汽车队队长。谈起在罗布泊失踪已经 20 年的彭加木，他眼神中还是一片困惑，似乎他至今仍然在盼望着等待着一个答案。对彭加木的为人处世，他不时发出感叹，敬仰之余又不无责怪。王万轩文化不高，长期从事野外开车的工作，说话坦诚而直率。他说，彭加木出事后，那新闻曾经轰动全国，数不清的记者到新疆科学院找这个找那个，这里录音那里座谈，但没有人找过他。

我们的谈话就从彭加木最后一次去罗布泊开始。

做事情只争朝夕

1980 年 4 月，新疆科学院组建一支考察队进罗布泊进行多学科的考察。车辆、人员、设备，都是由几个单位准备的。特别是车辆，当时不但少，而且车况都很差，而所去的罗布泊却是个一切困难都难以预测的"死亡之海"。因此，从领导到每一位汽车司机，都很慎重很认真，都希望把困难和可能发生的意外排除在车辆出发之前。确定为考察队服务的汽车有三辆：一辆是 5 座嘎斯 69，一辆是 8 座北京 212，一辆是载重 1.5 吨的嘎斯 63，这辆车主要是装载行李、炊具以及饮水和燃料。

王万轩驾驶的是 5 座嘎斯 69。

在这之前,王万轩开着这辆车为彭加木服务,跑过吐鲁番、伊犁、阿克苏、阿勒泰等地,两人朝夕相处,关系处得很好。这次组建考察队去罗布泊,王万轩是彭加木点名的。

忙着喊着要出发,大概忙了六七天,喊了六七天,仍然不是这方面没有准备好,便是那辆车存在问题还要维修。彭加木以领导的身份指挥着、安排着、督促着,但都不尽如人意,他着急地跑前跑后,发了几次脾气。5月6日这天早晨,彭加木坐上王万轩的车,便匆匆离开乌鲁木齐出发了。他甩下了整支队伍,甩下了两辆汽车,这一突然间的"提前行动",大伙儿又意外、又埋怨、又紧张。于是,大伙儿都急了,隔了一天,全队人马出发了,去追彭加木了。

王万轩在车上问彭加木,你一个人这么先跑了,你这样做不对。彭加木说:"我怎么不对?我要是不这么走,不知道还要磨蹭几天,干工作嘛,要么不干,要干就要干好,就要抓紧时间,只争朝夕!"

彭加木和王万轩到达马兰的第三天,8 座北京 212 和载重 1.5 吨的嘎斯 63 两辆汽车,满载着科学考察队人员以及各种仪器设备,追上了彭加木。

彭加木非常高兴,和大家握手谈笑,又围着三辆汽车仔细检查,抚摸着汽车,向司机询问车况。马兰基地的指挥员设宴招待大家,同时答应派一名熟练的报务员携带一部高频电台跟随考察队进罗布泊。

完成了"穿湖"任务
彭加木坚持再走一趟

由彭加木担任队长的这支考察队,目的是穿越罗布泊,对这里的地理、化学、土壤、气象、沙漠等进行考察,大家简称为"穿湖"行动。

在马兰基地又作了两天的"穿湖"前的进一步准备后,考察队一行 10 余人乘坐三辆汽车,于 1980 年 5 月 9 日早晨出发,向罗布泊前进,开始艰难的划时代的"穿湖"考察任务。考察队当晚抵达罗布泊腹地的一个营地——"720"试验场地。

"720"试验场是20世纪60年代我国进行原子弹试验的发射地之一。当时这里还有一些"干打垒"的土房子,这些土房子不仅住过解放军的官兵,而且聂荣臻、钱学森等一批著名军事家和科学家也曾多次亲临这个地方。考察队来到这里时,还有几名看守这个地方的解放军战士。

经历了7个昼夜的辛苦劳作,克服了千难万险,经历了队员患病、迷路、汽车与汽车之间失去联系、汽车抛锚等困难,考察队完成了预定的"穿湖"考察任务,胜利抵达若羌县的米兰古城。

关于彭加木的考察队胜利完成"穿湖"任务,当时新华通讯社向国内外发过一则新闻:著名科学家、中国科学院新疆分院副院长彭加木,已和他率领的考察队穿越罗布泊的湖盆。这是历史上科研人员第一次穿越湖盆。

有些中外学者过去也曾试图穿越罗布泊的湖盆,但都因道路艰难未能实现。彭加木带领的科学考察队从北到南,行程70多千米,成功地穿越了湖盆。

彭加木率领的考察队,队员中包括化学、地理、地貌、水文地质、生物、土壤等方面的专家和学者。他们在罗布泊地区进行了一个多月的考察。考察队采集到的矿物资源标本和对这里自然条件的普查,将有助于揭开这个人迹罕至的地区的自然之谜,为开发利用这里的矿物资源提供科学依据。

在这之前,彭加木已先后两次进入罗布泊地区考察。1964年,他和几个科学工作者环罗布泊一周,采集到了水样和矿物标本,对当时流入罗布泊洼地的三条主要河流(塔里木河、孔雀河、车尔臣河)河水的钾含量做了初步研究。根据气象和河流携带钾元素情况估算,罗布泊每年可以集聚数十万吨的钾,可能还有稀有金属和重水等资源,是块"宝地"。1979年,他又进入罗布泊地区踏勘,为今年5月份第三次进入罗布泊地区作了充分准备。

这则新闻,几乎被国内各大报纸所刊用,同时也占领世界许多报刊的重要版面。

考察队完成"穿湖"任务到达米兰后,大家进行了短暂的休整,并进行了工作总结。

在彭加木的坚持下,考察队决定从米兰出发,继续寻找道路,再穿越一次罗布泊。

野骆驼砰然倒地
彭加木流下了泪水

于是,彭加木和考察队员们在米兰进行紧张的继续前进的筹备工作。

米兰,曾是汉代的一座古城。据史料记载,这里曾经是古"丝绸之路"上的一座繁华城市。张骞、唐玄奘、马可·波罗等历史名人,都先后来过这里。后来被无情的干旱和风沙所逐渐吞食湮没。20世纪初,英籍匈牙利人、考古探险家斯坦因到这里考察时,这里已经是一块荒芜的不毛之地。解放后,新疆生产建设兵团的军垦战士用汗水在这里开垦出片片土地,兴建了初具规模的农场。农二师36团的团部便设在这里,外界简称为"米兰农场"。

1980年6月11日上午,考察队离开米兰,重新踏上艰难的行程。彭加木依然乘坐王万轩驾驶的5座嘎斯69小车, 走在队伍的前面向东前进。彭加木身旁的提包里放着罗盘仪、20倍望远镜、两部照相机,以及随时翻看的两份折叠的地图。按照线路图,考察队将经历疏勒河下游,沿"丝绸之路"南道到达羊达克库都克,再穿疏勒河北上,经疏勒河北道,绕过库尔勒,直接返回乌鲁木齐市。预计全程450千米。在那辆1.5吨嘎斯63卡车上,装着10个大铁桶,6个装满汽油,4个装满饮水,每个铁桶大约150千克。出发前的讨论会上作出决定,在油和水消耗一半时,应走的路必需达到一半以上,否则,即返回米兰,不能贸然前进。

彭加木展开地图对大家说,从米兰到一个名叫库木库都克的地方,距离大约有250千米,考察队三天要走完,在那里可以休整一两天。

然而,实际情况比预想的要困难得多,在茫茫大漠上没有路的"路"上行走,一天前进不了几十千米。遇到一些河谷山沟,汽车要绕很多弯子,甚至转悠大半天又回到了原地;不少戈壁坎坷不平,汽车摇晃颠簸,费油费轮胎;一些看似平坦的沙地下面是一片一片沼泽,汽车陷进去便出不来。考察队这样艰难地前进着。第二天,考察队正要在一处山谷野营,大漠上突然刮起了10级大风,狂风刮了一夜,大家与狂风拼搏一夜,最终也没有支起一顶帐篷。考察队就这样走了三天,不到150千米。比原定计划,里程不到一半,油和水的消耗却早已过半。考察队不得不在一个名叫库姆塔克的地方停了下来。这里处于罗布泊的东南，南缘紧挨着阿尔金山北麓，是一片有2万多平方千米的浩瀚沙漠，其面积仅次于塔克拉玛干沙漠和古尔班通古特沙漠，为新疆第三大沙漠。由于这里的自然条件极其严酷，便成为一片无人涉足的不可知的世界。

考察队继续前进了两天，许多同志都感到体力不支。这时，有人发现远方的沙漠上有一群野骆驼，彭加木举起望远镜一看，野骆驼有16匹。这一发现是一剂兴奋剂，大家感到又惊又喜，并决定开上8座车和5座车去追捕这些野骆驼。彭加木坐上王万轩的车跑在前面，车内还坐着负责考察队后勤工作和保卫工作的小陈。

野骆驼群发现有从来未见过的庞大物体朝着它们追赶，于是，腾起四蹄在茫茫大漠上盲目地奔跑，两辆汽车一左一右跟随着驼群不放，大漠上掀起一阵阵的沙尘。突然，一匹幼小的野骆驼从驼群中落伍，慢慢便掉了队。8座车靠近了它，这时，驼群中一匹高大雄壮的母骆驼似乎发现它的"孩子"掉了队，便离开驼群往回走，它要搭救它的"孩子"，其余的14匹野骆驼没有停步，飞奔着跑过一个沙山，越来越快地向前奔跑。这时，两辆汽车轻易地把高大的母驼迫到一个干涸的河床中，距离只有几公尺远，王万轩的车几次挨近母驼。彭加木说，我们要弄到一匹野骆驼，科学院需要一个野骆驼标本。因为活捉野骆驼是不可能的，小陈掏出手枪，待距离只有一两公尺时，朝着野骆驼脖子下的胸部扣动了扳机。野骆驼往前狂奔了几十公尺，倒在了沙地上。

彭加木抚摸着倒地的野骆驼，泪水从两颊流了下来。他吩咐大家，要仔细慢慢剥皮，驼皮和骨头都不能损坏，运回乌鲁木齐要制作标本。

晚上，大家回帐篷休息睡觉，彭加木点燃一支蜡烛，伏在床头的一个木箱子上写笔记，写得很晚很晚。吹灭蜡烛躺在床上他也久久没有入眠，在床上辗转，又起身走出帐篷，望着帐篷外辽阔无比的星空。6桶汽油几乎已经耗尽了，水比金子还珍贵，考察队所有同志包括他彭加木已经几天没有洗过脸刷过牙了。四个铁桶里的水只有一个桶里现在还剩下小半桶水，这小半桶水经过在车箱里几天的颠簸晃荡，变得很混浊很肮脏，倒在锅里烧开后放进一大把明矾再沉淀好久，喝起来还是有一股难闻的味道。彭加木让报务员给马兰原子基地发出了电报，请求部队给这里送水、送油。部队是派飞机来吗？飞机能准确找到考察队所在位置的方位吗？油和水来了下一步的工作怎么办？这些揪心的问题,都压在彭加木的心里。他专门嘱咐报务员,明天上午再发出一份电报,并要求回电给一个明确的答复。

这是一个难忘难熬的夜晚,大漠的夜晚万籁无声,彭加木与他相依为命的全体考察队员们,都久久地不能入眠……

这是 1980 年 6 月 16 日的夜晚。

十年间又去了四次
彭加木失踪之谜依然是谜

第二天,1980 年 6 月 17 日,这是人们不会忘记的日子:彭加木失踪。

王万轩说,彭加木那天起得很早,大漠的朝霞光芒万丈,彭加木在几顶帐篷外面溜达,这几乎是他的一个习惯,新的一天到来了,他早早地起床,然后到处走走、看看、问问,这使他对新的一天工作产生一些想法或者改变一些想法。大约上午 10 时,报务员———个从马兰基地开始便跟随考察队工作的年轻解放军战士,拿着一份电报找彭加木签字。年轻的报务员每走进一个帐篷问彭加木时,考察队员都说,他在外面溜达呀。找了一大圈,报务员没有找到彭加木。报务员回到帐篷,等了半个多小时,再一次找彭加木依然没有找到。王万轩想,彭加木是不是跑到小车里休息去了,王万轩走向他的 5 座小车,拉开车门,小车里没有彭加木。王万轩一眼看到前排两个座位中间放着的那个提包已被打开。王万轩太熟悉这个提包了,彭加木只要一上路,提包总是固定地放在这个位置,提包里放着他的笔记本、望远镜、罗盘仪、地图以及两部照相机。照相机一部装负片胶卷,一部装正片胶卷。这些东西都是彭加木随时使用的,彭加木坐在前排车座上也是伸手便可以拿到手里的。但此刻,王万轩看到被打开的提包里,罗盘仪和望远镜没有了,只剩下照相机。很快,王万轩看到了放在座位上的地图,地图很旧了,折叠的地方磨损了,显然,地图刚刚被打开翻看过。王万轩伸手拿起这份被叠成四折后只比手掌大一些的地图,看到了夹在地图里的那张小纸条。

这便是那张著名的、被新闻媒体累累报道过的用铅笔草写着只有 7 个字的小纸条:

我向东去找水井

彭

6 月 17 日 10 时 30 分

王万轩拿起这张纸条,跑回帐篷,所有的考察队员跑了过来。围着看这张纸条。

接下来的事情便是到处寻找,紧接着的是通过电波惊动了新疆党政军上层,惊动了党中央。然后,是国内外一连串的新闻报道。

如今,王万轩自己已经退休了,但当笔者问他对彭加木的印象时,他说,那是个好心的老头,心眼好,事业心强,是个工作狂。有点空他总是在写工作笔记,在野外工作时,大家辛苦了一天,晚上在帐篷里有时下下象棋,打打扑克,他从来不参与,他总是坐在一个角落写些什么,或者看书查资料,他成天想的做的操心的都是工作。有一次,他在车里对王万轩说,新疆是个宝库,要研究的东西太多太多了,他一辈子也研究不完,因此,要抓紧时间多做些工作,多研究一些东西。

1981 年 5 月,王万轩开车,与新疆科学院组成的一个考察队,沿着彭加木最后几天走过的路线,进行细致地寻找,希望能够有一些新的发现,得到一些新的成果。事隔 5 个月后的 1981 年 10 月,王万轩开车专门去为彭加木立了一块纪念碑,科学院去了好几位同志。彭加木只是失踪,他们既不能给他修坟,更不能给他建墓,只能立个纪念碑,纪念碑上刻了"彭加木失踪的地方"几个字,然后写上了彭加木失踪的时间。第三次是 1985 年,新疆科学院组织的一支考察队进罗布泊去考察,王万轩仍然驾驶着他的 5 座车,又来到彭加木失踪的地方,到处寻找,没有新的发现。彭加木失踪整整 10 年后的 1990 年,中央电视台《望长城》摄制组来到新疆,要去彭加木失踪的地方拍一些镜头。他们请著名作家黄宗英当讲解员,还从上海请来了彭加木的夫人夏淑芳。王万轩开车与中央电视台的摄制组来到彭加木失踪的地方。当时夏淑芳为彭加木带来了一个小铁匣子,和她及孩子们写好的一封给彭加木的信,信中引用了唐代诗人王翰的一首诗:"葡萄美酒夜光杯,欲饮琵琶马上催,醉卧沙场君莫笑,古来征战几人回。"夏淑芳说,彭加木生前很喜欢这首诗。她在信中写上这几句诗,并在纪念碑前亲口朗诵了一遍,在这茫茫沙海之中,显得十分的悲壮。彭加木生前保留有一对出自酒泉的夜光杯,夏淑芳也带来了。她沉痛地把夜光杯以及写有那首诗的信件一起装进小铁匣子里,埋在彭加木的纪念碑下。王万轩和另外一位同志一起动手在纪念碑下挖了一个 30 厘米的沙坑,小心地把小铁匣子埋了进去。

2000 年 6 月中旬是彭加木失踪的 20 周年,新疆科学院举行了隆重的纪念活动。中国科学院的领导以及新疆维吾尔自治区主要党政领导都参加了纪念大会。大家聚集在一起,共同回忆了彭加木平凡而又波澜壮阔的经历。彭加木的夫人夏淑芳应邀从上海来到乌鲁木齐,当她出现在纪念大会的主席台上时,受到了全体与会者的欢迎和尊敬。

彭加木 1925 年 6 月出生在广东省番禺县,1947 年毕业于中央大学农学院,早年曾担任过北京大学农学院土壤系助教。1950 年 5 月参加工作,先后在中国科学院生化研究所、中国科学院综合考察委员会任助理员、助理研究员;1961 年任中国科学院上海生物化学研究所副研究员。彭加木曾于 1964 年被评为上海市先进标兵,同年当选为上海市人民代表和全国第三届人民代表大会代表。1979 年任研究员兼中国科学院新疆分院副院长。

彭加木热爱边疆建设,早在 1956 年,他就积极主动地要求到边疆参加科研工作。他在给郭沫若院长的信中满怀激情地写道:"我志愿到边疆,这是夙愿。我的科学知识比较广泛,性格坚强。面对困难,我能挺直身子,倔强地抬起头来往前看。我具有从荒野中踏出一条道路的勇气!"

从 1957 年到 1980 年,他先后 15 次在新疆考察。从阿尔泰山到昆仑山,从吐鲁番绿洲到伊犁河谷,都留下了他的足迹。

彭加木 1980 年 6 月 17 日在罗布泊失踪,那年他 55 岁。

我去埋葬余纯顺

　　1996年6月,我国著名探险家余纯顺在罗布泊遇难。在余纯顺离开我们10周年之际,2006年5月,作为罗布泊的探险家,又兼任着新疆海外国际旅行社副总经理的吴仕广在新疆巴音郭楞蒙古自治州的库尔勒市接受我的采访,向我叙述了他亲自埋葬余纯顺的详细经过。

　　吴仕广先后17次率领中外探险家、科学家以及考古家穿越罗布泊、楼兰等地。曾经四次接待余纯顺,成为余纯顺的知心朋友。

　　一百年一个世纪竟然是那样的匆匆,那样的短暂,人生易老。在沉默了好一会儿,吴仕广终于向我们打开了话匣子:

　　余纯顺是1996年6月离开库尔勒动身进罗布泊的。我埋葬他的那天是6月18日。

　　6月15日的傍晚,我在距离库尔勒市几十千米的铁克其乡一个亲友家吃饭,我腰上的传呼机响了,上面留言:罗布泊出事了,请速回。出了什么事呢? 我十分着急,饭没有吃完我便赶回单位,才知道余纯顺进入罗布泊后忽然失踪了,失去了一切联系。我立即打开电台,四方询问,也没有得到消息。这时州领导也很着急,开会研究要想尽一切办法找到余纯顺。当天晚上,我起草了一份加急电报,以州政府的名义发到乌鲁木齐市,请求自治区人民政府救援,协助我们寻找余纯顺。

　　第二天早晨,我带领一辆小车和一辆大车开进罗布泊,与我们同行的还有我们公司的摄影师杨洪。我们艰难地跋涉了一天一夜后,抵达通往罗布泊最前沿的一个大本营前进桥。这时,在巴州政府和自治区人民政府的关心下，陆军某航空部队一架飞机刚飞到这里。这架飞机已经两次飞入罗布泊地区进行搜寻，但没有发现余纯顺的踪迹。机长孙刚当年作为一名解放军的空军驾驶员，曾亲自驾驶飞机参与了对彭加木的寻找工作，对于塔克拉玛干大沙漠以及罗布泊的飞行已积累了一定的经验。在罗布泊飞行两次没有见到任何人迹也没有可疑物，他决定第三次飞往罗布泊。这次他表示要尽可能低空飞行，他经过在低空多次盘旋，大约两个多小时后，在罗布泊中心地带一个荒丘的背后发现一顶呈扇形的蓝色似帐篷一样的东西。但由于油料燃尽，飞机只好立即返回加油，并决定很快起飞，第四次飞入罗布泊。

我急忙登上了这趟飞机。这一天是 6 月 18 日中午。因为有了前面的发现，飞机低空飞到罗布泊我所熟悉的一个荒丘时，我逐渐看到了那顶蓝色的小帐篷，我的心怦怦地跳着，又高兴又紧张又激动，直升飞机还没有停稳，我便跳了下去重重摔在沙漠上，我爬起来向那蓝色的帐篷跑去。一面跑一面大声喊着："余大哥！余大哥！"没有得到回音，却很快闻到了一股肉体腐烂的味道，我仍然大声喊着，我的喊声在空旷的大漠中回荡。

呈现在我面前的是余纯顺的尸体。我双腿一软，跪到他身边，泪水从我眼眶里流出。

这么一条比钢铁还要硬的汉子，怎么一下子倒下了呢？徒步走中华，风雨中走了八年，多少的坎坷多少的艰难并没有把他击倒啊！

尽管我动身时曾有些不祥的预料，但这绝不是我所希望看到的。我的越野车以及飞机上，都载着药品和医务器械，还有食品和饮料，我们是来抢救余大哥的，而不是来埋葬他的。

他静静地躺着，侧着半个身子，把小小的三角形帐篷的一侧压在身下。他全身脱得光光的，除了一条又窄又小的三角裤头，已一丝不挂，脸朝着东方，一只手向前方伸去，似乎期待着什么，要抓取着什么……

我双腿跪着，眼睛开始模糊……几天前的情景，一幕幕映现在我面前……

他是 5 月 28 日从上海来到库尔勒市的，与他一起来的有上海电视台一个摄制组，还有他的女朋友徐金玉。金玉是新疆昌吉回族自治州奇台县的一个农村姑娘，那地方距乌鲁木齐不到 200 千米。余纯顺是第二次到新疆探险时，在准噶尔大漠得了一场病，亏得金玉侍候他一段日子，把他接到她的一间土屋里养病。后来有了感情，他对她很好，带她去上海玩，她也帮他整理过不少日记和照片。在库尔勒住下后，上海电视台的同志忙着作跟随余纯顺走进塔克拉玛干大沙漠的准备工作，余纯顺便带着徐金玉游玩，去的地方是尉犁县沿着塔里木河下游，一个叫罗布庄的古老村庄，快走到若羌的米兰古城，还有博斯腾湖等一些地方，两个人在一起照了不少的照片。6月5日他又领着金玉去游玩铁门关，他的情绪特别的好，请上海电视台的同志以及杨洪一起，在铁门关前为他拍摄一组"金玉送别"的镜头。傍晚8时，他送金玉回乌鲁木齐市，她乘坐晚9时的"天鹅旅游号"列车，他因为急于明早就要动身的准备工作，便托巴州外宣办的姚亚萍送金玉到车站，他与金玉在楼兰宾馆吻别，两人万万都不会想到，这是一次永别……

余纯顺5月28日到达库尔勒市的当天晚上，我们的摄影师杨洪在楼兰宾馆为他接风，用大块的新疆羊肉和大杯的伊犁特曲招待他，他吃的喝的都十分豪爽和高兴，说了不少幽默的笑话。

第二天，我在楼兰宾馆和他作了一次长谈，谈了两个多小时。我说，你从上海来电话时我就对你说过，这6月份进入罗布泊不是好季节，不但风大，还出奇地酷热，你怎么不听我的话、不采纳我的意见呢？他说，他已经有了充分的准备，有信心进罗布泊，上海电视台为他跟踪拍一部专题片，已列入了计划，再说，他十分忙，有很多的事情很多的计划等着去完成，这次他一定要穿越罗布泊，了结他的一个心愿。在这次谈话中，他充满了信心，言谈中他对罗布泊的许多情况已经有很多很深的了解。

第二天他在楼兰宾馆的顶层会议室作了一场题为《壮士中华行》的报告，是州委宣传部组织的，听的人很多。他讲的很有激情，金玉也坐在后排的一把椅子上静静地听。

然而，此时此刻余纯顺躺在我面前，躺在这万古亘荒的恐怖世界里。这是我一生中内心深处最悲痛的时刻。几天前，他充满信心的矫健神态如在眼前，他激情的话语还在我耳边回响，然而，他却永远离开了这个世界。他是拼搏着挣扎着不愿死去的，但他知道死亡已经来临，他艰难地一件一件脱光了他的衣裤，他生前曾经半开玩笑半幽默地说过，他赤条条地来到这个世界，也要赤条条地离开这个世界。现在他真的这样做了。除了他脱下身上所有的衣裤，他身边还有半包未吃完的牛肉干，近 20 条一次性三角裤头，以及一把藏刀。这把藏刀是他在西藏探险时，西藏自治区副主席丹增送给他的，刀柄上刻着丹增的名字，寄托着少数民族干部对他的信任、对他的尊敬以及对他的鼓励，还有几页日记，这不像后来许多报刊所报道的，说发现有他的日记本。余纯顺不带日记本，他的日记是写在一张一张的散稿纸上，写完一张便设法传送出去一张。他最后一张写在稿纸上的日记是 6 月 11 日。只有短短的 11 个字：进入罗布泊腹地，风大、酷热。他风雨八年，写了 100 多万字的日记，这是他一生中最后的一页日记，也是文字最短的一页日记。背包里有一部照相机和 14 个未用的柯达胶卷。

按照世界探险界的惯例，余纯顺的遗体应该就地安葬，在哪里遇难便安葬在哪里。我在离他几米远一处稍为向阳的较为平整的一处地方为他挖坑。我压制着心中的悲痛，争分夺秒地抢夺时间挖坑。直升飞机就在不远处轰轰地鸣响着，在这特殊的环境特殊的空气下，飞机的马达不能熄火，而燃料又是那么有限，机长说，为了确保安全，飞机停留最好不要超过 40 分钟。在这有限的时间里，我们必须把该办的事办完。地很硬，尽是些岩石鹅卵石，手镐挖下去迸出火花，挖啊刨啊铲啊，我不知哪来那么大的劲。大约 20 分钟，我挖好了这个坑，大约 2 米长，80 厘米宽，1.2 米深，我手掌上磨起了几个水泡。我和杨洪一起，把他抬起放到一块铺好的白布上，再抬起来，轻轻地放进坑里。我将那顶蓝色的小帐篷盖在他赤条条的身上。这顶折叠起来非常小重不过两千克的帐篷，打在他的背包里伴随着他走过许多地方。然后，我拿起那把心爱的藏刀，放在他的右手旁。做完这一切，我轻轻地说：再见了，亲爱的朋友，你安息吧！我一铲一铲地把挖出来的土又回归他的身上。当我把最后一铲土回归到他的身上时，我的手和全身开始颤抖。亲爱的余大哥，你真的就这样永远离开了我们吗？你不应该离开我们，你还有许多的事情未做完，还有事业以及你刚刚享受到的爱情，都在等待你。然而，直升飞机的轰鸣，越来越大的风声，在哀鸣着催促着我，我双手颤抖着沉沉地放下铁铲。就这样，一个坟墓堆积了起来。我敢说，这是千百年来在罗布泊屹立起来的惟一的一个人工堆积起来的坟墓。这里埋葬的是一位英雄，一位壮士，一页悲歌，一页历史。不，余大哥并没有离开我们，他是被沙漠所挽留，沙漠留住了他，因为他一生中热爱沙漠，把他的爱、他的情洒向了沙漠。

他风雨八年,走坏了 54 双鞋,走过的地方留下邮戳 1500 余枚。如今,他孤独地长眠在他曾经多次征服,最后献身的塔克拉玛干大沙漠。

他生前一遍遍为自己描画他的壮丽计划:

徒步走完中国 31 个省、自治区包括台湾省。

抵达祖国领土最东、最北、最西、最南四端。

徒步走完通往拉萨的川藏、青藏、新藏、滇藏和中尼五条高原天险公路,从而成为世界第一个徒步走完世界第三级的人。

徒步考察丝绸之路全程。

连续行程 5 万千米,打破阿根庭旅行家托马斯·皮雷拉创造的 4.8 万千米的吉尼斯世界纪录。

沿途作几百场《壮心献给父母之邦》的专题演讲。

撰写出版多卷篇游记。

他还向我允诺,与我一起去寻找彭加木。

他正在朝着这个目标努力,他已经完成了大半,然而他在征途中遇到了意外,他遇难了,留下震撼世间的遗憾。

米格 17 型直升飞机又一次发出咆哮声,在为壮士哀鸣,在为壮士送行,也在再一次催促我们登机。我急忙找到我们常用的那块菜板,匆匆写上"壮士余纯顺之墓"7 个草体字,插在他的墓前,最后望了一眼这座孤独的坟墓,我举起信号枪,朝着茫茫大漠的上空扣动了扳机,整个沙漠发出"砰""砰"的震耳回声。

我们离开了罗布泊,离开了安葬在那里的余纯顺……

吴仕广讲叙了这一切后,又久久地进入了沉默。

蒋爱珍杀人案始末

一、见之不易的蒋爱珍

热闹的春节已过,边城乌鲁木齐仍然银装素裹。我应邀到郊区青少年管教所参加一次缝纫班结业典礼。30多名青少年罪犯经过半年的培训获得了毕业证书。中午吃饭时,管教所所长把我介绍给身旁的一位年约50岁的维吾尔族公安干部:"这是吐尼莎汗同志,第二监狱的监狱长。"乌鲁木齐第二监狱,不就是女子监狱吗? 一打听,才知道与这个管教所一墙之隔就是第二监狱。这么说,判刑后正在服役的蒋爱珍,就在这个监狱里了。

蒋爱珍杀人案是在拖延了七年之后,于1985年由新疆维吾尔自治区高级人民法院作出了判处15年徒刑,剥夺政治权利5年的终审判决。如今判决已经3年,蒋爱珍情况怎样? 在狱中表现如何? 近年来,笔者曾两次想采访她,均被有关部门婉言谢绝:"上级有规定,目前不准外人与她接触……"此时,与我同桌吃饭的吐尼莎汗同志就是蒋爱珍的直接管教干部。何不争取这个机会? 经与她攀谈,知道这位老家在塔克拉玛干沙漠边缘的库车县的女公安干部,1957年毕业于西北政法学院。除了说一口流利的汉语外,她还能看懂汉文的《红楼梦》。我介绍了自己曾经两次采访过蒋爱珍,并且参加了在市人民剧场对她公开审判的现场采访。今天能不能再见见她呢? 吐尼莎汗沉默了好一会儿,说道:"按规定是不行的,今天你既然来了,又提出了这个要求,那由我陪你去见见她,怎样?"我说:"那就太谢谢了!"

饭后,吐尼莎汗领着我走出管教所大门往左一拐,沿着一堵高高的围墙,不到几分钟,我们走进了女子监狱。女子监狱是一片有十几栋平房以及作业车间的大院子。吐尼莎汗领我走过一些制鞋车间、毛巾车间和一些整洁的宿舍后,走进一间摆着两张乒乓球桌子的屋子,大约有 10 名女犯围坐在桌子旁包装鞋油。吐尼莎汗喊了声:"蒋爱珍,出来一下。"靠桌子右角的一名女犯站了起来,望了我们一会,跟着我们走了出来。到了吐尼莎汗的办公室,蒋爱珍坐下后,诧异地望着我。大概室外活动太少的缘故,她脸色白皙、眼神显得更加的明亮。变化最大的是原来两条拖到膝盖下的长辫子被剪成了短发。"能认出我吗? 我采访过你。""好像见过面,很面熟……"她轻轻地回答道。"你的长辫子怎么剪了?""正式判刑后,按监狱规定,都得剪掉。""现在生活怎么样? 身体怎么样?"我又问道。"判了刑后,心里踏实下来了,现在只有一个心思,好好改造自己,争取早日出狱。"蒋爱珍说到这里,吐尼莎汗把话接了过来:"蒋爱珍进到这里后,一直表现很好,最近监狱法律知识考试,她考了 100 分。再参考她平时的表现,准备给她减刑一年。"蒋爱珍这时显得有些腼腆,低下头。吐尼莎汗站起身,把一杯热茶递给我,我端在手里,透过冉冉升起的热气,我望着坐在我面前的蒋爱珍,心里涌起阵阵不平静的思潮。她的经历,她的人生之路,她光天化日之下用步枪杀了三个人,却赢得了群众对她的同情。这其中,有多少的问题值得我们深思。

让我们翻阅一下她的人生书页吧!

二、曾是军垦一枝花

1972 年,16 岁的蒋爱珍初中毕业后,告别了养育她的家乡——浙江绍兴。由哥哥蒋根土接到新疆石河子,在 144 团场一营一连落户,当了一名军垦战士。这个在江南水乡长大的姑娘,不但聪慧勤劳,干起活来也很泼辣。军垦战士的劳动总是很苦很累的,但她从不言苦。抗旱,她一挽裤管跳到雪水中,在渠底一勺一勺舀那泥水,一担一担挑到大田中,一根红柳扁担磨得油光锃亮。定甜菜苗,一干几小时不直腰,竟累得倒在地头。挑土,赶车,修水库,这些本是男工干的活她也抢在前头。到了节假日,她总在伙房帮忙洗洗刷刷,给军垦战士缝缝补补。勤劳的汗水取得了人们的信任,人们逐渐喜爱上这个身材颀长、高鼻梁、深眼窝、健美的姑娘。不久,她以先进青年代表的身份出席144团共青团员代表大会。1973年5月,也就是她当上军垦战士一年后,加入了共青团,同年出席了农八师青年积极分子代表大会。1974年农场医院需要招收一批护理员,她被推荐到短训班学习,结业后留医院工作。尽管只是农场医院的护理员,她也感到很高兴、很神气了。从此,她工作和学习都更加勤奋努力了。1976年,她光荣地加入了中国共产党,不久又被选为医院的党支部委员,团支部书记,民兵排长。那时她才20岁。在一次表彰大会上,一位领导同志握着她的手说:"蒋爱珍呀,你是我们军垦的一枝花啊!"

一个20岁的姑娘,蒋爱珍的脑子里充满着多少绚丽、浪漫的幻想啊!尽管每天从早到晚都很忙、很累、甚至很苦,但她总是乐呵呵的、笑眯眯的。生活之路总是撒满着鲜花。在劳动之余,她写了许多充满激情和理想的日记,并把宣传雷锋等青年英雄的文章、照片剪下来,精心地贴在自己的日记本里。

正当她一步一个脚印端正地走着自己的人生之路时,不幸的厄运走近了她,遮住了她眼前的阳光。

谁能相信,她会端起枪,去杀人,而且竟杀了三个人……

三、无 辜 受 辱

石河子地区在"文革"中是个重灾区。蒋爱珍所在的144团医院,在粉碎"四人帮"后,文革时所形成的派性犹如腐尸一样,在人们的心灵中挥之不去。以李佩华、谢世平为首的一派,与张国政为首的另一派,仍在激烈地明争暗斗。在张国政被选为医院党支部副书记兼医务助理,具体抓行政业务工作之后,这使李佩华和谢世平等人如骨梗在喉,千方百计想把张国政搞掉,他们时时窥视时机。终于,他们把罪恶的目光对准了蒋爱珍——这是因为她的哥哥蒋根土与张国政原是一个部队的战友,蒋爱珍调入医院后,蒋根土曾嘱托张国政关照自己的妹妹。尽管医院的人都知道他们关系正常,蒋爱珍是个要求进步、作风正派的好姑娘,但在李佩华、谢世平等人的眼里当然不是这样了。

于是,一个荒诞不经的"3·17"抓奸事件的阴谋酿成了。并在李佩华、谢世平的亲自导演、参与下,付诸实施。

　　1978年3月17日,是蒋爱珍非常高兴的一天,因为明天她就要回到梦寐以求的故乡去探亲,就能见到日夜思念的亲人了。她整理好衣服和一大包葡萄干。晚上,两位同事拉她去吃饭,回到医院,护理员小周和张国政在等她。小周是托她带东西,张国政是以领导与兄长朋友的身份来嘱咐一路上要注意安全等,说完都走了。蒋爱珍熄灯休息。这一切都是那么正常,本无一点可疑之处。但由于"抓奸"是既定的目的,他们还是按既定的步骤进行。半夜,蒋爱珍被一阵猛烈的敲门声惊醒。"你们有什么事?"蒋爱珍问道。

　　"我们'抓鬼'来了。"说话的是谢世平。他们进了屋,手电筒到处照,屋角、床底下。他们在屋子里到处翻腾、寻衅,直至折腾到天亮,还欲罢不休。

　　"抓奸"本身是富有魅力的。天一亮,各种各样的流言蜚语在到处传。谢世平的老婆医务统计钟秋,以一个"目击者"的身份,走门串室,把故事编得有板有眼。助产士戴淑芝是李佩华的老婆,在医院以言词刻薄而闻名。她起了个大早,挎个菜篮子,在商店菜市上传播了张国政从蒋爱珍肚皮上被拉下来的特大新闻。一时间,"3·17"抓奸事件被宣扬得有头有尾,活灵活现。

　　蒋爱珍被击倒了。

四、申　诉

　　一个纯洁姑娘的人格,遭到恶毒的诽谤,四起的谣言像一把把尖刀插进她的心脏。她卧床不起,三天滴水不进。几天的功夫,她像变了个人似的,显得憔悴多了。探亲去不成了,一切美好的愿望与打算全成了泡影。消息传到了已调到石河子地区财政局工作的哥哥蒋根土那里。蒋根土急急赶来,苦苦地劝慰妹妹:"我们都是共产党员,要相信组织,事实一定会澄清的。"想到自己是共产党员,蒋爱珍听从了哥哥的一番劝释,只好忍气吞声地泪流不止。

　　半个月后,与医院只相隔几百千米的144团党委向医院派出了工作组。

　　144团党委书记兼团长冯俊发,是个一心想着一派统天下的人。在"文革"中他与张国政是对立派。他特意指派与张国政早有宿怨的副参谋长杨铭三为调查"3·17"奸情的工作组组长。明确指示杨铭三,要考虑奸情是有的,通过这件案子要弄垮张国政。

天真的蒋爱珍,一听说团党委为她的事派来了工作组,她吃了点饭,立即去找杨铭三,向这位副参谋长声泪俱下地哭诉冤情。谁知,杨铭三不耐烦地听她的诉说,板着脸孔说道:"你没有问题紧张什么呢?有了,就老老实实说清楚,承认了,哪里跌倒就在哪里爬起来嘛……"

啊!跌倒!这不是要自己承认他们的诬陷吗?她哪里知道,工作组的框框早已定好,在杨铭三的笔记本上记着团党委书记冯俊发的指示:"张国政不仅有男女作风问题,在文化大革命中也有问题,先突破'3·17'问题,再调查他在文化大革命中的问题。"蒋爱珍蒙受冤屈,杨铭三却在想:不突破第一个问题,我怎样进行第二个问题!

接着,工作组根据谢世平、李俪华等人捏造的事实,反复追查,罗列了一系列疑点。让张国政和蒋爱珍"说清楚",并召开职工大会进行批判。张国政先后说了十三次,仍"未说清楚"。医院文教干事苏天艳对调查组的做法不满,写了一幅"为受害知识青年蒋爱珍申冤"的标语,工作组立即停止了她的工作,把她定为"说清楚"对象。蒋爱珍在"说清楚"会上被围攻谩骂。内科医生牛素玲有不同看法,也被责令写出书面检查。

五、再 受 辱

工作组的不正常作法,引起群众的极大不满。接着,小小的医院先后有十三位同志对"3·17"事件有不同看法,或在这期间与蒋爱珍、张国政说过话,打过招呼,而被大会点名批评、写出书面检查、停职下放劳动。

群众的不满,使工作组感到棘手。冯俊发为了给工作组撑腰,他亲自到医院作报告,动员全体职工揭发张国政的问题。

有了团党委书记兼团长的具体支持,工作组更大胆了。经过精心策划组织,很快医院内外的墙上、走廊里,出现了许多大字报,还有那些连小孩见了也要捂眼睛的丑陋不堪的漫画。这种下流的方式,把蒋爱珍说成是"大流氓"、"大破鞋"、"没有后跟的破凉鞋"。于是,院子里十几岁的孩子当面也辱骂蒋爱珍是"破鞋"。在群众大会上,蒋爱珍的问题一步步升级,从子虚乌有的"奸情"入手,否定了她的一切:先进是"假装的";党员是"混入的";选为支委,是"卖身所得"……在批斗会上,李佩华指着她的鼻子骂道:"蒋爱珍,你少装疯卖傻! 你要是疯了,怎么不去撞汽车,跳水库? 怎么不去死……"很快,墙上又出现了更大的标语:强烈要求装疯卖傻的蒋爱珍退出装疯卖傻期间的 100 元工资。迫害还在升级,在一次群众大会上,还宣读了李佩华、谢世平联合署名的要求对蒋爱珍进行妇科检查的报告。而他们本身都是医务人员,他们懂得妇女处女膜的破裂不仅是因为性关系,现代女青年的剧烈运动、劳动或骑自行车等活动,都有可能引起处女膜的破裂,他们是要蒋爱珍进一步背上说不清道不明的黑锅。何况"贞检"本身就是对妇女,特别是未婚女子的莫大侮辱,即使在封建社会也罕见于这种形式。然而,作为一名党组成员,杨铭三代表工作组欣然接受了李、谢的报告,说:"我支持你们的要求"。

蒋爱珍在被侮辱、诽谤的同时,还被剥夺了人身自由,行动有人跟踪盯梢,往来书信被扣压查阅。

六、再 申 诉

蒋爱珍这个 20 岁刚刚出头的姑娘,就这样无端的作了派性斗争的牺牲品,她再也无法忍受了。她哭着,喊着,每天以泪洗面。她积愤成疾,神情恍惚。一天傍晚,她从病室跑进了茫茫戈壁。夜幕深沉,医院职工四处找她,水库、水渠都找遍了,没有找到。只好打电话给她哥哥蒋根土。蒋根土乘着汽车,在茫茫戈壁找了几个小时,才在一个土坎下找到她。只见蒋爱珍呆坐着,眼神呆滞,嘴里不停地喃喃自语:"妈妈,你来啦……妈妈,你来接我来了……"她只穿一件单衣,赤着脚,戈壁夜里气温是很低的,她身上粘满了污泥枯草。蒋根土扶她上车,她说:"我不走,妈妈来接我来了。"司机脱下衣服披到她身上,同情地流下了眼泪。

蒋爱珍被送进了石河子医院,诊断是一致的:精神分裂症。

病情稍有好转,她首先想到了死。她打开日记想给妈妈写封遗书。这日记本,这钢笔,都是组织上给我的奖品啊! 这时,她仍然想到组织,仍然不想抛下年迈的妈妈去死。她想到了上一级的组织,写了一封含着血泪的"万言书"送给石河子地区领导,但却石沉大海。她又两次找到石河子地区工作队队长李义海,诉说冤情,但遭到的只是冷漠和敷衍。李义海打着官腔说:"你要相信当地组织嘛!"她无可奈何,去找 144 团党委书记兼团长冯俊发,冯俊发板着脸孔说:"现在有人建议开除你的党籍,你再顽固下去,要考虑后果……"工作组长杨铭三对她的迫害仍在升级。听说她找了地区工作队,杨铭三很恼火,他找她"谈话",软硬兼施:"只要你承认了,我们给你保密,给你调个单位就没事了。"达不到目的就训斥、威胁。他渴望蒋爱珍在神智失去控制时,承认"3·17"奸情,这样便大功告成了。

蒋爱珍完全失望了,她意识到自己的冤屈永无洗刷之日了。

七、绝望的日子里

从"3·17"抓奸事件始,4 月 3 日团党委工作组进医院调查,到 9 月 29 日蒋爱珍持枪杀人,时间长达半年之久。在这半年多的时间,蒋爱珍几经折磨,精神崩溃,感到她面前惟一的一条路就是死了。

9 月 27、28 日两天,蒋爱珍写了一份万言申诉书,写了八份给父母兄嫂以及好友同事的遗言,下了决心要死,她的精神反而感到轻松了。她一个劲地写,又一个劲地一会儿哭,一会儿笑,一会儿唱。她写下了她的遗恨,写下了对人生的眷恋,对亲人的思念。她已无力反抗,只能用这些血泪斑斑的遗言和年轻的生命的结束来赎回自己的清白。

她在给父母的信中写道:

亲爱的父母大人:

不孝之女向你们不辞而别了。我是家里的小女,是个多货,好比你们没有生我这个小女儿,不孝之女不能侍候二老,心里有愧,在另一世界,我将永远铭记着你们的深恩。请双亲多多保重年迈的身体,女儿走了……

她给哥哥蒋根土的信中写道:

大哥:

小妹向您告别之时,心里如刀割难受。您为我受的苦太多了。在我犯病的日子里,您日夜守候在我身旁,为了帮助我恢复记忆,您教我数数字。有一次数着数着,您自己却倒下了。这半年来,您一个壮实的汉子瘦得不到一百斤,头发也秃了大半,像个半老头子,现在又因我受到牵连,失去了自由,我不能再连累你了。我死了,您不要悲伤,您要保重,您是我最尊敬最亲爱的哥哥,我的亲人!

大哥！大哥！保重！保重！

小妹爱珍绝笔

9月28日，蒋爱珍照常去上班，人们看见她的精神面貌比前些天好了，还以为杨铭三找她谈话有了效，她坦白承认了，放下包袱了。

人们哪里想到，悲剧即将发生。

八、悲惨的枪声

决心要死，怎么个死法泥？

无声无息含冤受辱地自杀，那些诬陷她的坏人怎么办？他们会为她的自杀而高兴，他们会更得意，还会去害人。

她决定作出另一种死的选择。

她是民兵排长，她是团里有名的优秀射手。她知道9月29日要到戈壁上进行一次射击比赛，是作为迎接国庆的一项活动。

9月29日早晨，一切平静如常。民兵连的枪库打开，民兵们准备去戈壁上打靶。蒋爱珍的口袋里装着她昨夜翻箱倒柜找出来的过去打猎打靶时留下的八发子弹。九时，她拿到了一支五三式步骑枪，她提着枪，悄悄地压上了子弹，显得异常的镇静。她走到内科室的门口，看见李佩华和另一个医生在场，她怒喝一声："李医生，你不是叫我死吗？叫你造谣！"砰！枪响了，李佩华应声倒地。她转过身，在走廊里碰见钟秋。这个恶嘴毒舌的妇人为别人制造了那么多的泪水和苦难，此刻正尖着嗓子在与人谈天说地。蒋爱珍喊了一声："钟秋！"这女人一回头，望着蒋爱珍对着她的黑洞洞的枪口和仇恨的眼神，全身颤抖着，本能地用双手遮住脸孔，似乎想求饶。枪响了，她双手在空中抓了几下，倒了下去。枪声惊动了医院，也惊动了戴淑芝，她从办公室里冲出来，以为又有什么新闻供她助兴，嘴里嚷着"咋啦咋啦？"

"戴淑芝，你站住！"蒋爱珍举着枪横在她面前，洪亮的声音具有不可违抗的力量。戴淑芝望着枪口，呆了，失去了往日的威风，她欲逃却抬不起脚，恐惧地站在那里。蒋爱珍扣动了扳机，"砰！"子弹从戴淑芝右乳房打了进去。戴淑芝张着大嘴巴，抽搐了一阵倒了下去。蒋爱珍冲出外科大门，撞见一个参与"抓鬼"的医生，举枪就打，这个医生大喊大叫，拼命奔逃，一弹未中。蒋爱珍提枪来到家属院找谢世平。谢世平在家，听到外面的动静，吓得爬进自己的床下，幸亏他的儿子骗过了蒋爱珍，对她说："我爸爸不在家。"蒋爱珍回到靶场，被群众包围，人群涌动。蒋爱珍提着冒烟的枪悲愤地说："他们要我死，领导又不管，我与他们拼了……"

她与围着的人群僵持着……

九、被 捕 以 后

团党委得悉蒋爱珍开枪杀人的消息后，立即决定要活捉她，不准打死，并叫全团出名的神枪手、团武装部长郝振杰去执行。但郝振杰说："我没有这个把握。"不执行这个命令。又交给那位在 30 米外一枪可以打飞乒乓球的参谋冯玉森，冯说他这几天咳嗽得厉害，无法瞄准，也婉言拒绝了。实际上这两位同志心里都不愿意向蒋爱珍开枪。过了一个多小时，蒋爱珍在退入靶场右侧的厕所时，被从一侧绕过来的团文教干事从身后抱住。她没有作任何反抗，把步枪丢到地上，挣脱干事抱着她的手，大步走向靶场外的囚车。

蒋爱珍被捕以后，144 团立即拘留了张国政，说他是蒋爱珍杀人指使者。关押 92 天后，又把他放了。144 团党委认为，蒋爱珍应定为"反革命杀人罪"。对被杀的三个人，团党委决定追认为"革命烈士"。不久，团里召开了隆重的追悼会，团党委主持并命令各单位都派代表参加，并送花圈。这些做法引起了群众的普遍不满。

人间自有正义在。石河子地区中级人民法院院长王心如和地区公安局局长李宗儒一起来到 144 团，他们在群众中开始深入的调查。很快，许多群众明里暗里向他们反映情况，倾诉心里的话。奇怪的是，蒋爱珍杀了三个人，几乎没有一个人指责她，而遭到谴责的是逼迫蒋爱珍的 144 团领导以及医院中的一些当权者。一位老农工抓住王心如的双臂，颤着声说："求求你们，千万别杀蒋爱珍，她是被逼出来的，杀了她，天理难容啊……"说着，老农工哭了，几乎要跪下来。

王心如掏出笔记本，记着，思考着。

在这同时，王心如和李宗儒提审了蒋爱珍。在掌握了大量材料后，他们两人参加由 144 团党委召开的案情研究会。

十、人们在震惊中争论

蒋爱珍的枪声，撕开了 144 团的黑幕，同时也使无数的人们震惊猛醒。几乎整个石河子地区，人们都在围绕着她而争论。

当然，争论最厉害的是在决定蒋爱珍命运的 144 团党委召开的会议上。

党委书记兼团长冯俊发首先作了长篇发言，不厌其烦地介绍案件发生的经过，并定下了三条意见：(1)"3·17"抓奸事件抓的是事实；(2)这样做是正确的，我们过去抓了，今后还要继续抓；(3)"9·29"事件是反革命杀人案。两位在座的副团长一直保持沉默。王心如与李宗儒轻声交换了几句开口发言了。这位从事政法工作近 30 年的地区中级人民法院院长用平静的口气说道："冯团长讲的'3·17'抓奸事件，许多做法是错的。法律规定，在审理有隐私的情节时，都不能公开审讯，而你们用党组织的名义，多次召开党的会议和群众大会，搞群众运动，使矛盾激化。至于说'9·29'是反革命杀人案，这也是不妥的。据现在调查的材料表明，这不是什么反革命杀人，蒋爱珍没有反革命动机。被杀的李佩华三人，都参与了对蒋爱珍的迫害，不同程度地犯了法，是有罪的。追认他们为烈士，这是对烈士这个光荣称号的侮辱……"王心如的发言，柔中带刚。李宗儒也插话道："刚才我们在医院看到一些大字报大标语和一些乱七八糟的漫画，粉碎"四人帮"已经两年了，你们搞的却还是文化大革命那一套。对这些东西我们已经拍照……"

"这是下面……"冯团长嘴软了。

"不！这是你们团党委派的工作组组长杨铭三组织搞的。"

这样的会议，当然是不欢而散。

不久，石河子地区在某些领导的干预下，定蒋爱珍为反革命杀人罪，判处死刑，立即执行。当时未能独立工作的地区中级人民法院隶属地方党委领导，法院从组织上还得接受这个意见。王心如据理力争，与地区交换意见。但是，他的正义的声音被淹没在一片倾向性极强的喧嚣声中。在这同时，迫害蒋爱珍的重要成员——144 团党委工作组组长杨铭三调到河南平顶山煤矿，提拔当工会主席去了；另一位重要人物谢世平也得到重用，从一个小小的药剂员一步高升当上了 144 团运动办主任，相当于党办主任。

王心如面对这些情况，心情久久不能平静。他始终认为，蒋爱珍杀人是在被诬陷、被迫害的情况下干出来的。对蒋爱珍必须依法制裁。但是，酿出这一惨案的有关人员，也必须追究法律责任。他带上所掌握的材料，驱车来到乌鲁木齐，向自治区党政领导以及自治区高级人民法院反映情况，并提出自己的看法。在这同时，他向《人民日报》寄出一封数千言的情况反映信。

很快，新疆维吾尔自治区高级人民法院通知石河子地区，要对蒋爱珍一案进行复查，同时建议党委追究这个案件有关领导人的责任。

蒋爱珍的死期被延缓了。

十一、10 月 20 日《人民日报》

王心如的信引起了《人民日报》的极大重视，立即被编入内参，接着又选编在中宣部的《宣传动态》上，先后被送到中南海中央领导同志的办公桌上。中央领导同志看了这些材料后，分别作了重要批示。《人民日报》立即派出两位记者飞往新疆石河子进行调查。记者找了当地各级党委、政法机关、144 团领导、医院有关人员，在看守所提审了蒋爱珍，找了蒋爱珍的哥哥蒋根土以及张国政，并广泛听取群众意见。他们所到之处，发现人们同情的是蒋爱珍。看守所警卫人员也说：这个犯人老实善良，不像个杀人犯。

1979 年 10 月 20 日，《人民日报》第三版以几乎整个版面的篇幅，刊登出题为《蒋爱珍为什么杀人》的文章。在这篇七千字的文章中，用"缘起"、"发展"、"调查"、"绝望"、"拼命"、"余事" 等六个小题，全面介绍了蒋爱珍1978 年 9 月 29 日杀人案的前因后果。在文章前面，《人民日报》加了编者按：*新疆石河子中级人民法院院长王心如同志来信，说明关于蒋爱珍杀人案件的情况和他的意见。我们派记者做了调查。蒋爱珍采取杀人手段，应受法律制裁。但仅制裁蒋爱珍够吗？对酿成这一惨案的有关人员不应该追究责任吗？我们应从这件事中汲取什么教训？这是有待进一步研究的。* 在这篇文章的最后，《人民日报》明确指出：*必须对酿成这一惨案的有关人士（特别是杨铭三）和其他严重违法乱纪者，追究法律责任。这件事牵涉面广，应由公检法和党的纪律检查委员会协同处理，防止片面作决定。这一案件在石河子地区震动很大，议论很多，可以开庭审判，可以让群众公议，借以教育干部和群众。*

新疆人民广播电台一连三天,在当地新闻节目中播送《人民日报》这篇调查汇报。辽阔的天山南北大地人人在议论和关心着蒋爱珍案件。

蒋爱珍在狱中先是听到了广播,她一遍一遍地听,一次一次地哭,看守她的公安人员,听着听着也流下了眼泪。

王心如双手捧着这天的《人民日报》,泪水不断滴在报纸上。党中央是英明的,法律是公正的。

谢世平一伙人看了报纸,都乱了阵脚,慌了心神,嘴里喊着《人民日报》偏听偏信,内心里却感到了恐慌。

十二、举世瞩目蒋爱珍

《蒋爱珍为什么杀人》一文在《人民日报》发表后,轰动了全国,甚至轰动了海外,人们被这个案子震惊,深思,愤慨。一份报纸在许多人的手中争着传阅。《人民日报》从 1979 年 10 月 20 日发表文章至 1980 年 3 月的短短五个月时间内,编辑部收到来信 15000 多封。写信的有工人、农民、干部、部队指战员、学生、教师、工程师、教授、华侨、民主人士、家庭妇女、甚至九岁的孩子。一篇文章引起如此强烈的反响,是建国以来所没有的。这些来信一半是个人署名,一半是集体署名,一封来信代表一个车间、一个连队、一个班级、一个科室。有的还派人亲自把信送到报社,汇报当地的讨论情况。所有这些来信都一致提出:一、蒋爱珍杀人犯罪,应该依法惩处;二、她不是反革命分子,希望从轻判处;三、对诬陷蒋爱珍的杨铭三、谢世平等人应追究责任。

与此同时,许许多多的来信飞到石河子地区中级人民法院。从《人民日报》文章发表后的短短 13 天中,法院收到了各省市和海外来信 833 封,每天平均 64 封。法院领导不得不抽出一些干部日夜加班拆看信件,并分类、归纳、整理成简报,及时送自治区有关领导和中央有关领导。整理出来的简报中把来信内容综合为五部分:(1)对蒋爱珍表示同情、惋惜,要求减轻处罚,追究有关人员责任;(2)要求赦免蒋爱珍,并惩办诬陷、诽谤者;(3)对蒋爱珍表示钦佩,以至求爱;(4)对蒋爱珍表示声援,要求为其出庭辩护或聘请律师辩护;(5)对蒋爱珍表示支持,汇赠财物。一位四川广元县的老年女教师给蒋爱珍写信说:我是个孤老女人,存有一万多元,我认你作女儿,你要坐牢,我陪你一起坐,好吗? 一位广西边防部队战士把一枚军功章寄给了蒋爱珍,信中说:"这是我的第一枚军功章,我赠送给你,我在前方杀敌,你在后方除奸,我敬佩你……"一位香港颇有名望的律师给法院寄来了函件和名片,请求组织一个律师团免费来为蒋爱珍进行辩护……

且不说这些来信中的措词、要求是否完全妥当,但是,这些充满真情实意的信件,反映了人民群众的一种心愿。这不仅仅是人们的一种正直和对弱者的同情,而且是千百万人民经历过"文革"后对十年动乱的反思,是对民主和以法治国的渴望,是对一个人的人格不受侵犯这个基本要求的渴望,是对官僚主义和派性的深恶痛绝!

亿万人民关心着蒋爱珍!

十三、漫漫狱中生活

蒋爱珍一直关押在石河子看守所。原来地区判了她死刑,立即执行。自治区高级人民法院没有批准,并且表示对此案要进行复查。《人民日报》的长篇文章发表后,情况有了更大的变化,复查这个案件已不仅仅是高级人民法院的事了。

蒋爱珍每天就是学习、劳动、改造。

看守人员本来就很同情她,《人民日报》的文章发表后,管教人员很快给她调整了铺位,换了新的被褥,同时给她送来了桌子、凳子供她读书学习用。一位看守所所长要调走了,临走前,买了套衣服送给她。中级人民法院挑出了一部分来自全国各地的信件交到她手里,让她感受到人们对她的关怀。越是在这个时候,她才真正的感到忏悔,感到愧恨,痛心地哭了。是啊!蒋爱珍这个名字,过去总是写在大红的光荣榜上,是与"优秀青年"、"五好职工"、"优秀团员"、"共产党员"联系在一起的啊,只有 20 岁,就在鲜红的党旗下宣过誓的啊!怎么会成了一名杀人犯? 成了罪犯的蒋爱珍呢?

囚车刚把她送进来时,她每天等待着死,等待着押往刑场。今天,她除了劳动外,身边还有了许多法律知识的书籍,她又买了《病理学》、《外科学》、《护理学》等医学书籍。她特别喜爱监狱犯人小潘送给她的那本《新华字典》,天天都离不开。短短几年时间,她写下了五万多字的读书笔记。她的表现,受到看守所的表彰,并且给她记了一大功。

　　狱中的生活毕竟是枯燥、漫长的,她等待着法律的判决,一等等了将近七年。在这七年的时间里,各方面都发生了很大的变化。1980年11月,中级人民法院院长王心如已调回北京,到最高人民法院工作。曾经嚣张一时,由一名小小药剂员爬上了团部运动办主任的谢世平,自知问题严重,想偷偷潜逃,在乌鲁木齐火车站被公安民警抓获,一张逮捕令,击碎了他短促的黄粱梦。当年可以指鹿为马的工作组组长杨铭三,调到河南省平顶山煤矿当了工会主席。尽管他离开了石河子,却也一直如惊弓之鸟,每天心神不宁。果然,1982年春节前,新疆维吾尔自治区检察院派出的两位干警来到了他面前,亮出了逮捕证,面对着乌黑的枪口和锃亮的手铐,他吓得全身发抖,乖乖地伸出两手戴上手铐,被押回了石河子。

十四、一张不寻常的布告

　　1985年1月12日。边城乌鲁木齐的街头出现了这么一幅奇特的景象:在纷纷扬扬的雪花中,在凛冽呼啸的寒风里,一群路人正熙熙攘攘地驻足围观一份布告。拥挤的人群中,一位中年人高声朗读——

通　知

　　本庭兹定于一月十五日开庭,在人民剧场公开审理蒋爱珍杀人案,并将当庭作出终审判决。凡持有本庭旁听证者,望于一月十五日上午十时前准时入座。

　　　特此通告

　　　　　　　　　　　　　　　　　　新疆维吾尔自治区
　　　　　　　　　　　　　　　　　　高级人民法院刑事庭
　　　　　　　　　　　　　　　　　　一九八五年一月十二日

　　布告上盖有带着庄严的国徽标志的红色公章。

　　这消息像一阵狂飙,迅速卷过城市的上空,成为家喻户晓的"特大新闻"。几天里,持有旁听证的人成为众所羡慕的幸运儿。尽管已发出一千张旁听证,但人们仍想方设法,通过电话、电报和各种关系,与法院办公室联系,目的是请解决一些旁听证。甚至连附近地、州、县的法院院长、律师、检察长也加入到这一行列中。

　　远在四个月前,石河子中级人民法院已对"蒋爱珍杀人案"进行过一次审理,蒋爱珍被判处无期徒刑,剥夺政治权利终身。事后,蒋爱珍不服,上诉到自治区高级人民法院。这次即将举行的审判,就是自治区高级人民法院经过充分调查后,将要进行的终审判决。

拖延近七年之久的杀人案,其判决终于要见分晓了。

一个20岁的年轻姑娘,共产党员,竟然枪杀三条人命。如果在一般情况下,杀人者肯定会遭到千万人的唾骂。但对于蒋爱珍,人们在读了《人民日报》发表的通讯《蒋爱珍为什么杀人》后,却从心底里牵动起复杂的情感波澜……人们都迫不及待地想知道她的结局。

1月14日,有着十万订户的《乌鲁木齐晚报》,在一版显著位置刊登消息:七年悬案,即将定论。蒋爱珍杀人案明起在我市开庭审理。消息中说,此案"曾轰动全国","法庭将对案情进行全面调查,——核对事实,然后依照以事实为依据,以法律为准绳的原则,由合议庭进行合议,当庭宣判……"人们在晚饭桌子上看着这张报纸的时候,广播里也同时播出了类似的新闻。

十五、拖延了七年的审判

笔者作为一名新闻记者,参加了事先在自治区高级人民法院召开的新闻发布会,并得到一张黄色的、铅印着六条纪律、盖着红色大印的旁听证以及一张红色的记者采访证,按时赶到了人民剧场。

1月15日上午十时,警车鸣着急促的警笛由远而近开来,停在人民剧场后门。蒋爱珍戴着锃亮的手铐,由两名女法警押下车。她穿着一件淡灰色的棉大衣,围一条拉毛长围巾,缓缓走到会场后门候审。记者问她:"昨晚睡得怎么样?"她说:"还好。"又问:"今天早晨吃饭了吗?"她回答说:"吃了点。"然后,她低下头,平静地坐在椅子上。其实她此时此刻的心情是最不平静的。她几乎天天盼望今天的到来,几乎天天等待着对她的终审判决。

与这一案件有关的九个人也将在这次审判中出庭。

无情的岁月同时也在蒋爱珍面前发生过一些戏剧性的变化。那位在平顶山煤矿当了工会主席的原工作组组长杨铭三,逮捕后也在蒋爱珍所在的石河子看守所。一次放风时,他与蒋爱珍在窄窄的走廊里相遇。这真是惊心动魄的一幕。杨铭三本能地后退一两步,蒋爱珍一看见杨铭三,眼睛里喷出火焰,她真想向他扑上去。但是,她突然挪不动脚步,僵立在一根柱子旁,双手扶着柱子,手指却狠狠地抠到砖缝里去了。也许是突如其来的惊骇,杨铭三从此一病不起,他常常抓自己的脸,拔自己的头发,几天时间,把头发拔得稀稀拉拉。过了一年,便在惊恐中患了癌症。那位144团的太上皇——党委书记兼团长冯俊发,因犯渎职罪,被法院判处"监视居住,暂不逮捕",不知什么原因,不久也身染重病,一病不起,于1984年死去。"这两个人,还有那个被蒋爱珍打死了的李佩华,如果不是死去了或患了绝症,今天也要出庭受审的……"这是接待记者的一位法院工作人员告诉记者的。他还告诉记者:"作为一个省级的高级人民法院,一般只是审核一些重要案件而不直接开庭公审的。自从1963年公审过一起罕见的天山区区委书记贪污案件外,至今22年来,这是又一次不平常的开庭了,何况这次还安排在乌鲁木齐市引人注目的雄伟的人民剧场进行。"

十六、在法庭上(一)

在人民剧场内外,人群水泄不通。十时半整,审讯开始了。"带上诉人。"随着审判长的传讯,两个年轻的女法警一前一后押着蒋爱珍从侧门进入法庭,全场目光一齐投向了她,后排有些人站了起来;录像机、摄影机同时对着她。蒋爱珍在众目睽睽之下,略微有点紧张,眼睛睁得大大的,目光平视。她进入被告席后,即卸下戒具。

在回答了姓名、年龄、籍贯、原工作单位等等的提问后,蒋爱珍站在被告席上,用缓缓的声音,在为自己申诉,在为自己辩护,在和九个到庭的证人一个一个面对面地对证事实。当电视摄影机来到她面前时,她微微侧过身来,脸朝着摄影机。她此时脱掉了淡灰色大衣,穿一件玫瑰红的上衣,白衬衣领子翻到外面,两条长长的辫子垂到膝盖下面。她在沉痛地追悔自己的罪行后,用一双清秀聪慧的眼睛望了望审判长,向法庭提出了两条请求。她说,她请求将死者的老人安排在她劳动改造的农场附近,她保证在她劳动的前提下,尽心服侍好这些老人,以功补罪。她还请求,将关押在监狱的,对她进行过种种诬陷的谢世平释放回家养病。她说,谢世平的妻子已死,他现在身患癌症,家里还有小孩,把他释放回家,让他养病治病,带好小孩。

这位枪杀了三个人,已经入狱七年的姑娘,显得纯洁、善良……

审讯一直进行到下午六点多,审判长艾孜木·艾则孜宣布法庭暂时休庭。在这个一直秩序井然的剧场里,人们才开始走动、议论,有人在作各种判决的猜测,有人抑制不住慷慨激昂的情绪。

剧场外面下起了小雪,栏杆柱子上的扩音器已经沉默,越来越多的人继续拥向这沉默的栏杆前。平时显得很宽敞的环形马路,竟一下子被人群和车辆堵塞了……人们希望能见到走出大门的蒋爱珍,同时也希望见到为她辩护的律师白长林,向白长林说几句心里话。

十七、在法庭上(二)

一月十六日,审讯继续进行。

听众席中,有个特邀记者,他就是《人民日报》记者李保军,昨天才从北京赶来。此时,他深邃的目光凝望着这位六年前他曾经采访过的姑娘,思绪穿过流失的岁月,回到了那泪涟涟血淋淋的场面。

应乌鲁木齐市民的要求,今天法院工作人员在剧场外的马路上增设了一个有线喇叭,让更多的人听到审判的实况。

庄严的法庭上,今天蒋爱珍的心更加激动,她不止一次地用手绢擦拭自己的眼泪。在审判台右侧的大幅银幕上,不断投影出蒋爱珍杀人用的步枪、弹壳、子弹,以及被她杀死的钟秋、李佩华、戴淑芝三人的照片和现场勘检的尸体照片,她都一一点头供认。但是,当银幕上投影出那些对她进行诬陷侮辱的大字报、大标语及十九幅大漫画时,她转过身来,呆滞地望着银幕,全身禁不住抖着。她掏出手绢,不停地擦着泪水,用颤抖的声音回答着审判长的提问,"是的,都是写的我,画的我……当时我都看过……"七年多以前的情景,恍如昨天,又重现在她面前——那时,铺天盖地的大字报,贴满了医院,贴到她的宿舍,贴到她住院的病室,连小孩见了也要捂住眼睛的丑陋不堪的漫画,那些说她是大流氓、大破鞋、没有后跟的破凉鞋的大字报……她曾经哭着、喊着,几乎昏倒过去,神经几度失常。但是,很快墙上出现了更大的标语,她跑上大路,去团部,去师部,去哭诉,去告状,去找党委书记兼团长的冯俊发,得来的却是更大的污辱、更大的压力,勒令要对她进行"贞操检查",她绝望了,她举起了枪,她要控诉周围的邪恶,她要洗刷身上的污水,人们才在这枪声中猛然间慌乱了,震慑了,惊醒了。一个对生活满

97

腔热忱的二十岁刚出头的共产党员，随着枪声成了一名罪犯……今天，在这庄严的法庭上，往日的一切都得到了澄清，曾经一度被歪曲了的历史恢复了真实的面孔。这时，她想到了我们的党，我们的人民，我们的法律，她激动，她流泪……

在法庭合议的短暂休庭时，一位老政法干部走过来对记者说："这次的开庭公审，效果很好，它使人受教育，使人们想到许多许多的问题。国家的法律，公民的民主，人的尊严，还有我们国家长期以来的种种政治运动，某些领导的官僚，那些不务正业而热衷于耍权术，搞宗派，搞派性的一些干部……"

十八、宣判后的记者接见

经过两天的审理，法院调查了蒋爱珍的杀人动机、杀人经过以及归案后的表现。至 1 月 16 日下午七时，经过合议庭合议后，审判长当庭作出了终审判决：判处有期徒刑十五年，剥夺政治权利五年。同时宣布撤销石河子地区中级人民法院的一审判决。

第二天，即 1 月 17 日上午，我们参加这一采访活动的中央及新疆新闻界的十名记者，被安排在自治区高级人民法院刑事庭 204 号房间，对蒋爱珍进行单独采访。

终审判决后的蒋爱珍神情显得轻松，她说："谢谢你们记者……"说着泪如泉涌。停顿片刻后，她告诉记者："这几天思想太集中，头有点晕，医生检查说血压高，刚才打了针。"记者问道："能不能谈谈对这次开庭审理和判决的看法？"她略加思考后说："昨天法庭对我的判决，我很激动，夜里一直睡不着，我从心里感谢党和人民群众。我最大的愿望是弄清我的犯罪原因。在这次开庭审理中，法庭本着实事求是的原则，作了大量的调查，澄清了事实。在神圣的法律面前，法庭对我的终审判决，我表示心服口服……一审判决中说我是报复杀人，这次终审判决改成故意杀人，这些变动我都注意了……"

在谈话中，我们才知道，终审判决的那天，正好是她二十九岁生日，说到这里，她微微笑了："也真巧，真让人忘不了……"

记者又问她："能不能对你的犯罪教训，对青年、对妇女说几句话？"

"我以前不学法，不懂法，学习了《刑法》、《刑事诉讼法》后，我对当初杀人犯罪后悔莫及。我当初认为告状无门,失去了依靠组织、依靠法律的信心,我希望青年、妇女们今后不论遇到什么事,在什么情况下,都应该相信党,积极依靠组织,一级不行,再上一级,千万不要蛮干,不要重蹈我的覆辙,这是我最沉痛的教训……"说到这里,她话语有些哽咽。

"你的案件轰动全国,有人说你是全国有名的人物了……""不!"她打断记者的话:"我是因犯罪而闻名,不光彩,不是好事,希望大家都学法、懂法,学会用法律保护自己,不要像我那样当法盲……"

"服刑后你有什么考虑?"

首先认罪服罪,重新做人,争取提前出狱……"在她的神态中,燃起了对新生活的希望。

十九、诬陷者戒

在对蒋爱珍作出了终审判决的同时,自治区高级人民法院对酿成蒋爱珍杀人案有关当事人也作出了判决——法院认为,他们已构成犯罪。

就这个问题,记者专门访问了自治区检察院检察员、此案公诉人谌云亮。

谌云亮对记者说,蒋爱珍杀人事出有因,除其主观原因外,主要是李俪华、谢世平、杨铭三、冯俊发等人对蒋爱珍诽谤、诬陷、迫害引起的。此案所造成的严重后果,他们负有重要责任。李俪华、谢世平、钟秋等人搞派性活动,为了整垮、搞臭144团医院党支部副书记张国政,捏造了1978年3月17日晚捉奸陷害事件。他们非法搜查蒋爱珍的住处,对蒋爱珍大肆造谣、侮辱、诽谤。谢世平触犯了刑律,根据刑法第138条已构成诬陷罪,当时对谢世平依法逮捕是必要的。现在事过七年,又考虑他的妻子钟秋已被蒋爱珍枪杀,他本人又患了绝症,我院已决定免予起诉。

谌云亮说,原144团党委书记兼团长冯俊发,为了达到整垮张国政的目的,派调查组调查"3·17"所谓"奸情",实际上是别有他图。他亲自为调查组划框框、定调子。在杨铭三这个调查组组长侮辱、迫害蒋爱珍的过程中,冯俊发作了许多错误决定。其中包括非法拘禁张国政92天,他是迫害蒋爱珍的决策人。而杨铭三以组织的名义支持、纵容李俪华、谢世平等人对蒋爱珍的诬陷、迫害,并且直接参予对蒋爱珍的侮辱、诽谤,亲自组织会议多次对蒋爱珍进行围攻,搞逼供,忘图迫使蒋爱珍就范。因此冯俊发、杨铭三早已触犯了刑律,构成渎职罪和侵犯人身权利罪,司法部门曾对他们逮捕或实行强制措施,是必要的。现在,鉴于冯俊发和杨铭三已先后病死,根据刑事诉讼法第11条第5项的规定,已由检察院做出不起诉的处理。

谌云亮最后对记者说,蒋爱珍在杀人前也是公民。我们的法律历来对严重侵犯他人人身权利的人,是要依法问罪的。

二十、人们的思索

轰动一时的蒋爱珍杀人案终于了结了。但留给人们思索的问题却很多很多。

蒋爱珍的遭遇引起群众的广泛同情,人们并不是同情蒋爱珍杀人,而是对任意侵犯人权、对官僚主义造成的恶果的深恶痛绝。

蒋爱珍从一个天真纯洁的好青年、好党员,走上持枪杀人的犯罪道路,青春年华付诸狱牢,这是令人痛心的。这悲剧说明,"文革"遗毒——诽谤和诬陷,一定要群起而鞭挞之。不能让它有任何市场,再制造新的冤案。

蒋爱珍犯罪案件是发生在特殊历史时期的特殊案件。在十年动乱中,"四人帮"肆虐横行,严重践踏社会主义民主法制,广大人民群众的人身权利和其他权利毫无保障。千千万万干部群众惨遭迫害,任人侮辱、诽谤、陷害及摧残,人民群众对"四人帮"的倒行逆施的愤恨,是永远忘不了的。

现在,我们的国家已进入依法治国的新时期,我们是从痛苦的道路上走过来的。我们今天重温蒋爱珍案件的始末,是为了更加珍重今天和明天的幸福。还有我们的各级党和政府的领导者,一定要关心人,爱护人,对人民之间的纷争是非,不能麻木不仁,要把坏事解决在萌芽状态。蒋爱珍的问题,如果当时上级党组织稍微认真一点,也不会导致如此严重的后果。正如蒋爱珍一审和二审的辩护律师白长林事后对记者所说:"这个案件给我们带来的教训有两点:一是要足够地认识侮辱、诬陷等非暴力侵害的危害性。蒋爱珍一案告诉大家,对公民人格、名誉的侵害,情节严重的,同样可以造成死亡等恶性事故,不能掉以轻心。二是有关部门一定要处理好群众来信来访,认真听取冤情的申诉。蒋爱珍多次向有关部门反映自己遭受打击的情况,但这些领导采取了官僚主义的态度,使她告状无门,矛盾激化,本来可以避免的严重事件发生了。"

二十一、她盼望未来

自治区高级人民法院作出终审判决后,蒋爱珍再没有回到她呆了七年的石河子看守所,而是被关在乌鲁木齐郊区的新疆第二监狱即新疆女狱。

笔者在前面已经告诉读者:今年春节后笔者在女狱监狱长吐尼莎汗陪同下,访问过蒋爱珍。访问时是她终审后已服刑三年了,再扣除终审的关押待判的七年,她已服刑整整十年。在女狱中因表现好加上法律知识考试得 100 分而减刑一年半,目前她还有刑期三年多。至于剥夺政治权利五年的期限,则早已超过。因此她在女狱中已享受公民的权利。

记者到她宿舍小坐交谈。宿舍里整洁舒适,使人想起纺织女工甚至女大学生的集体宿舍。她订阅了不少报刊:《报刊文摘》、《妇女生活》、《民主与法制》、《新疆青年》、《大众医学》等。

"听说监狱每月只发五元钱的零花钱,够吗?"记者问她。

"我大哥蒋根土常寄些钱来,另外,还有一些认识和不认识的朋友们……"

"她不但自己努力学习科学文化,还当老师辅导其他犯人。"吐尼莎汗向我介绍道。

在女狱中,记者还了解到其他一些有趣的情况和数字。蒋爱珍的事情见报后,她收到了一千多封读者来信,有儿童的,有九十岁老太太的。她还收到许多粮票、衣物、食品、书刊以及钱款。据说总共的信件和物品在五万件以上。更有趣的是,在这许许多多的信件中,居然还有不少向她求爱的,这里面既有工人、大学生、解放军官兵,也有坐过牢的人。有的信上这样写道:"……新房已盖,家具也都打好了,单等您 1993 年 9 月 9 日出狱,我们国庆节结婚……"还有一位前线英模,给她寄来了一枚对越作战英雄的军功章。

蒋爱珍生于 1957 年 1 月 17 日,年龄还不大,对未来的生活充满了信心和希望。一次公安劳改部门的领导去看望她时,她怯怯地向一位领导同志问道:"我还能入党吗?"

孔繁森最后的三天

1994 年 11 月 29 日，西藏自治区阿里地区地委书记孔繁森在新疆托里县境内的一场车祸中不幸殉职，消息传来，新疆交通厅的职工感到十分悲痛。仅仅在 3 天前，孔繁森还曾来到新疆交通厅，与交通厅的同志交换进一步改善阿里地区公路交通状况的意见。

阿里地区被称为世界屋脊上的屋脊，平均海拔 4 000 米 ~5 000 米，交通非常闭塞。20 世纪 50 年代末期，国家修建了从新疆叶城至阿里地区普兰全长 1270 千米的新藏公路，使数千年与世隔绝的阿里地区有了一条与外界相连的通道。这条公路修通后，一直由新疆交通厅养护和管理，逐年在这条蜿蜒于喀喇昆仑雪山上的高原公路增添铲雪开路等机械设备，建起了高原养路道班，设立了运输站点。近几年，随着阿里地区的经济发展以及运输任务的日益繁忙，国家又计划投入 2.9 亿元，对这条公路上的险要路段和桥梁进行改建，由新疆交通厅组织设计施工，武警交通二总队八支队数百名官兵便奋战在这条艰险的公路上。

孔繁森是 11 月 24 日率领一个工作组，从阿里地区狮泉河市乘车沿新藏公路到乌鲁木齐市的。他到乌鲁木齐，是来感谢新疆长期以来对阿里地区经济和社会发展所给予的支持和帮助的。他首先走访了新疆维吾尔自治区党委和自治区人民政府，他和工作组还要走访其他一些部门。交通厅便是他急于登门拜访的部门之一。

11 月 25 日，恰逢厅长于努斯·玉素甫出差在外，主持工作的厅党组书记兼副厅长赵保军热情地接待了孔繁森一行，并召集在厅的所有厅领导以及公路局、运管局、征稽处和有关业务处室的负责人与孔繁森等同志座谈。

西藏是全国的贫困地区,而阿里又是全藏的贫困地区。孔繁森希望阿里地区机关、事业单位和农牧民的车辆在新疆能免交养路费。听完这个意见,赵保军当即答应,对来疆的阿里地区车辆,免收养路费一年,并表示,"我们会尽快给沿线交通、车管部门下发专门文件。"阿里地区每年拉运的石油需要4000吨左右,本来应该用油罐车拉,因条件限制,孔繁森提出协商意见,实行油货互换运输,即减少油罐车回程的空运,同时也加快阿里地区物资的外运。这一意见立即得到交通厅领导的赞同。

在座谈会上,孔繁森对新疆交通厅的同志说,阿里地区高寒缺氧,经济发展相对落后。长期以来,阿里和新疆相连接的唯有一条新藏公路。阿里矿产资源丰富,硼矿产量占全国总需求量的80%左右。近些年来,得到新疆的支持,但交通问题仍然是突出问题,许多硼矿仍积压严重。

座谈会充满了诚挚的友情。快近中午了,交通厅为孔繁森一行准备了午餐,而他却起身要告别。他和阿里地区专员达娃茨仁一起,将一面对新疆交通厅表示感谢的锦旗赠送给赵保军,并向赵保军献了哈达。然后,他又躬身给座谈会上的每一位同志赠送了一条雪白的哈达,留下名片。告别时,大家紧紧握手,赵保军一直把他送上汽车。

与新疆交通厅的同志一起座谈后,孔繁森又到武警交通二总队等一些单位,表示感谢并征询意见。

11月28日,孔繁森等在新疆维吾尔自治区人民政府办公厅的同志陪同下,前往塔城地区考察边境贸易情况,当晚住宿在克拉玛依市。11月29日晨9时30分,由克拉玛依市出发前往塔城。这一天下了小雪,路面结有薄冰,4辆车编队按顺序行驶。12时50分,车队驶出山区,开始进入托里县城。两分钟后,汽车行至距托里县城尚有3千米处时,孔繁森所乘坐的"丰田"小车(第二辆车)突然在一个拐弯处冲出公路,翻滚出61米远。孔繁森被立即送到托里县医院,终因内伤过重而辞世。

孔繁森妻子在新疆

1995 年 4 月 7 日,《人民日报》发表了《向孔繁森同志学习》的社论,从此一个向孔繁森学习的活动在祖国大地上掀起,他生前的事迹传遍大江南北。以他为原型拍摄的电影故事片《孔繁森》捧走了电影荣誉的最高奖——政府华表奖。江泽民主席亲自为孔繁森纪念馆题写馆名。孔繁森是 1994 年 11 月 29 日在新疆考察期间,因车祸不幸殉职的。在相隔 5 年后的 1999 年 9 月,他的妻子王庆芝从山东聊城来到边陲首府乌鲁木齐。

满城的瓜果满城的鲜花,明媚的阳光亲切的微笑。一片深情一片缅怀,边城欢迎您。

1994 年 11 月 29 日,孔繁森在新疆考察期间前往塔城地区的路途中,因车祸不幸殉职。

在相隔五年后的 1999 年 9 月 1 日,他的妻子王庆芝从山东聊城来到长久怀念的新疆。

9 月是新疆最好的季节。9 月 1 日正好是一年一度的乌鲁木齐对外经济贸易洽谈会开幕的日子。为了办好第八届"乌洽会",迎国庆 50 周年,迎澳门回归,边城乌鲁木齐到处张灯结彩,满城的鲜花,满城的瓜果,夜晚缤纷的彩灯,使乌鲁木齐如诗如画,妩媚多姿。王庆芝乘车进入市区时,不禁高兴得对身旁的人说:"想不到乌鲁木齐这么美。"身旁的同志说:"乌鲁木齐市人民欢迎你来作客。"

当晚,她住宿在昆仑宾馆。

1994 年 11 月 21 日,身为阿里地区地委书记的孔繁森率领一个工作组,从阿里地区狮泉河市乘车沿新藏公路到乌鲁木齐。他的任务是走访并感谢新疆党政及有关部门长期以来对阿里地区经济和社会发展所给予的支持和帮助,并对经济的合作特别是开拓边贸市场的交易进行调查研究。到了乌鲁木齐市后,他悄悄地住进阿里地区驻乌鲁木齐办事处 204 号房间。几天后,自治区人民政府办公厅闻讯后,上门邀请他住到条件较好的昆仑宾馆,即自治区政府招待所。这时,他正在家乡上学的儿子孔杰赶到乌鲁木齐,与多年都难得见一面的父亲相聚。

11 月 29 日,孔繁森乘车去塔城地区考察巴克图口岸的边贸情况。孔杰当天没有随父亲一起去,他要急着购票赶回家乡的学校继续上学。他万万没有想到,早晨在昆仑宾馆与父亲的告别竟是一次永别。

如今,王庆芝住进昆仑宾馆,仿佛看到了儿子与父亲在这里相见又相别的情景,她住进的房间,走过的走廊,用餐的餐厅,似乎仍然散发着丈夫身上的气息。

这一夜她没有睡好,心情久久不能平静。

9 月 2 日,是一个阳光灿烂的日子,王庆芝吃完早饭后,穿过马路,来到了新疆人民大会堂门前停步久久仰望。在这座庄严的大会堂里,自治区党委召开干部大会,号召全疆各族干部向党的好干部孔繁森同志学习。

再往前走 200 米,便是新疆国际博览中心。一年一度举办的"乌洽会"便在这里举行(9 月 1 日~8 日)。王庆芝走到这里,已是人山人海,热闹非凡。今年从全国各地、世界各地参加洽谈的商家客户比历年都多。王庆芝从前厅走到后厅,从一楼走到三楼,处处欢笑喧哗,她走着参观着。人们并不知道她的身份,不知道她来自何方,但人们都对她报以亲切的微笑,服务员、营业员亲切地回答她的每一句问话,周围一片温馨。

孔繁森魂归天山,新疆各族人民怀念他,同时盼望他的亲人到新疆作客。

孔繁森在新疆不幸遇难时,王庆芝要服侍孔繁森 90 多岁的母亲而未能来新疆。最近这几年,新疆维吾尔自治区党委与政府多次邀请她到新疆作客。

参观完"乌洽会"后,在自治区人民政府的安排下,她到天池、吐鲁番、

105

石河子、克拉玛依、伊犁等地参观。在伊犁期间,她兴致勃勃地参观游览了欧亚大陆桥桥头堡霍尔果斯边境国际口岸。

9月6日,她来到阿里地区驻乌鲁木齐办事处。当她走进当年孔繁森住宿的204号房间时,她心里又涌起阵阵波涛。招待所经理告诉她,房子里的一切物品摆设都没有动,沙发、茶几、床铺、衣架都保持在原位置,窗前仍然是那台21寸电视机。经理还告诉她,孔书记住下后早晚与大家一起在餐厅用餐,当时招待所刚住进一批新兵,这批来自内地的新兵即将到阿里去服役。孔繁森看见这些朝气蓬勃刚刚穿上军装的年轻人,特别的高兴,一有空便和他们在一起,问寒问暖,问他们吃的住的习不习惯,向他们介绍西藏的风俗人情,与他们谈心讲故事。年轻的士兵并不知道,这位亲切朴实、平易近人的同志便是阿里地委书记兼阿里军分区第一书记。

在这间值得人们怀念的204号房间里,我们坐在当年孔繁森坐的沙发上,对王庆芝进行了简短的访问,同时将我的一本刚由新疆人民出版社出版的新书《西部名流》赠送给王庆芝。在这本纪实文学中收编了我在1995年发表的一篇新闻特写《孔繁森最后的三天》。她接过书后,高兴地翻阅着,并在我递上去的另一本书的扉页上为我签名留念。

20年前即1979年4月,孔繁森服从党的需要来到西藏工作。他被分配到海拔4700米的岗巴县担任县委副书记,同时兼任岗巴县检察院检察长,后来任拉萨市副市长、阿里地委书记。孔繁森有个美满的家庭,妻子,三个儿女,母亲,充满亲情和温馨。他和妻子王庆芝两人,曾经那样精心地构筑自己的小巢。在漫漫岁月里,他和她像无数的家庭无数对夫妻一样,共同携手度过多少风雨多少甜酸苦辣。但是,作为一名忠诚的共产党员,在孔繁森面前摆着"小家"和"大家"两个家。小家便是他的家庭,大家便是西藏。这两个家他都深深地爱恋着。但在发生矛盾和冲突的时候,他的爱便倾斜到"大家"这一边,作为妻子,王庆芝深深地理解他这一点。

从1979年到1994年因公殉职,15年的岁月,孔繁森基本上不能与王庆芝及儿女在一起。1988年,山东组织上已安排孔繁森担任聊城地区副专员,但他却听从党的召唤,毅然离家到阿里去。当时,王庆芝刚做完肝脾切除手术,孔繁森的母亲已87岁,也因病瘫痪在床,还有孔静、孔杰、孔玲三个未成年的孩子正在读书。他这一走,一家老小便都交给王庆芝了。临走时,他深情地对王庆芝说:"我欠你的情太多,等我援藏任务完成回来后,我一定好好侍候你……"王庆芝默默地望着丈夫,她爱他、怨他、更支持他。她做了顿老人喜欢吃的饭,让孔繁森送到母亲面前,亲自喂给老人吃。当晚,孔繁森为老母亲洗了头,洗了脚,剪了指甲。母亲年迈多病,他害怕这可能是与母亲的诀别……想到这些,这位铁骨硬汉双膝跪在母亲面前,王庆芝忍住不让泪水流下来,轻轻地把孔繁森扶起来,安排他早点休息。第二天,她把他送到火车站,依依惜别。几年后,孔繁森在新疆考察途中遇难的噩耗传到山东聊城,王庆芝不敢相信自己的耳朵。但是,当她不得不面对这残酷的现实时,她显得沉稳而坚定,她不能倒下去。她首先想到的是,要让孔繁森年迈的母亲安静地度过晚年,她动员家人与她一起,对老人瞒着孔繁森去世的消息,使老人多年来一直认为儿子还在外面为党工作或在北京学习。她克制着巨大的悲痛,一面工作一面抚育着三个孩子。

这样的日子一天又一天,几年如一日。

1998年8月,老人终因病重久治不愈,在医院逝世,享年97岁,她为老人举行了简朴而隆重的葬礼。

孔繁森去世后,全国人民掀起了学习孔繁森的热潮。江泽民总书记满怀激情地说:"孔繁森同志把自己的一生完全奉献给了党和人民的事业,在他的身上充分体现了一个共产党员的优秀品质。他的一生是光辉的一生、壮丽的一生。在我们的国家建设社会主义现代化的新时期,出现孔繁森同志这样的英雄模范人物是不寻常的。我们为失去这样一位模范共产党员、优秀领导干部而万分痛惜,更为我们党、我们的人民有这样一位模范共产党员、优秀领导干部而感到骄傲和自豪。"

1995年4月29日,江泽民、李鹏、乔石、李瑞环、朱镕基等国家领导人在北京亲切会见王庆芝及她的子女。江泽民紧紧地握着王庆芝的手说:"党和人民感谢你。"

1995年9月10日,由江泽民题写馆名的孔繁森同志纪念馆在山东聊城落成。纪念馆珍藏着孔繁森生前的遗物和大量的生活工作照片。

三个儿女继承父亲遗志努力工作学习,他收养的两个藏族孤儿来到王庆芝身边与她共度春节。

孔繁森殉职已经 5 年。

5 年来,聊城、西藏、新疆都在改革开放中发生了巨大的变化,王庆芝及她的儿女在党和政府的关怀下,平静幸福地生活着。大女儿孔静在山东省检察院机关工作,是一位先进工作者;儿子孔杰已大学毕业分配在济南地税局工作,结了婚;小女儿孔玲从西南政法大学毕业后,考取了中国人民大学法律系研究生,正在北京勤奋学习,即将毕业。孔繁森生前收养的两个藏族孤儿曲印、贡桑,转眼之间这两个孤儿一个已长到 17 岁,一个已长到 18 岁,分别改名孔英英、孔甜甜。两人的心愿是当兵保卫祖国,双双报名参了军,成了光荣的解放军战士。

不久前,王庆芝搬进了新居,新居的面积有 150 平方米,宽敞、明亮。孔静的儿子已四岁多了,很天真、很可爱,常常给王庆芝带来许多的欢乐。孔繁森同志纪念馆建在山东聊城环境优美的环城湖畔,离王庆芝新居不远。她常常接受一些访问,常常在纪念馆接待一些四面八方的崇敬者和慕名者。纪念馆被列为国家爱国主义教育基地。短短几年时间,全国已有 1000 多万群众来这里参观学习。

新疆人民对孔繁森有着更深更特殊的感情。岁月悠悠,情也悠悠,孔繁森、王庆芝都是有情的人。当年,孔繁森充分利用全国支援西藏的有利条件,北联新疆,南拓边贸,发挥畜牧业、矿产业、旅游业、资源以及特殊政策等六大优势。他与行署专员达娃茨仁等同志组成工作组来到新疆,这是振兴阿里经济迈出的关键一步。他要与新疆有关部门协商阿里物资进出口问题,他要研究阿里与新疆经济协作问题,他要落实阿里与新疆共同开发边境口岸问题……还有冬季已经到来,阿里干部、职工、居民过冬取暖的煤、粮、油、菜等运输问题。

谁知,壮志未酬身先卒。那场车祸悲剧的发生,震惊西藏、新疆和党中央。听到噩耗的那一刻,王庆芝多么想立即飞到新疆,飞到孔繁森的身边,最后看一眼抚摸一下风雨同舟几十年的丈夫。但是,为了陪伴好、服侍好孔繁森 92 岁的老母亲,她忍住悲痛,没有到新疆。

然而,她时刻怀念着新疆。新疆是孔繁森日夜牵挂,同时也是他生命中最后日子里工作和生活的地方,他的情、他的抱负、他未竟的事业留在了新疆。王庆芝来到新疆后,自治区党政领导都亲切看望她,设宴款待。

　　告别新疆的那天,巍巍雪山在灿烂的阳光下格外绚丽夺目。王庆芝遥望着远处的雪峰,默默鞠躬。

　　孔繁森永留昆仑,永留人间。

　　亲爱的妻子,您保重!

古兰丹姆今何在

美丽善良的"古兰丹姆"曾使千万人倾倒。但是，饰演"古兰丹姆"的女演员阿依夏木却饱经忧患，婚姻破裂。她坚强地生活着，企盼着美好的生活。

人们至今仍在传唱《花儿为什么这样红》、《冰山上的雪莲》等优美歌曲，是长春电影制片厂 1962 年摄制的一部优秀影片《冰山上的来客》中的插曲。虽然 30 多年过去了，但人们还记得剧中的边防战士阿米尔和美丽纯真的古兰丹姆的故事。

笔者多次到饰演古兰丹姆的阿依夏木家里作客、访问，了解了她的过去，也了解了她的今天，她的生活无不令人同情。

偶然机会被发现，一举成名

阿依夏木是个地道的维吾尔族姑娘，她在位于塔里木盆地最西缘天山脚下的乌什县长大。小小的乌什县至今也只有 2 万多人口。阿依夏木从小聪明好学，美丽端庄，15 岁初中毕业后考入新疆财贸学校。她和十几个同学一起背着行李先搭拖拉机，后又搭乘卡车，跋涉 1200 多千米，来到了新疆首府乌鲁木齐。

在财贸学校学习半年多后，有一天她到新疆医学院去看望住院的同乡校友，被当时正在这所女学生很多的医学院物色演员的导演白辛发现。陪同白辛的还有作曲家雷振邦等人，他们都被阿依夏木的纯真美丽所吸引。导演和作曲家竟然从医学院跟踪她到了郊外的财贸学校。他们认定，阿依夏木便是他们到处寻觅的在《冰山上的来客》中饰演真古兰丹姆的维吾尔族姑娘。

　　导演让扮演边防军杨排长的老演员梁音，以及扮演假古兰丹姆的演员谷毓英，帮助阿依夏木熟悉剧本，并给她讲解最基本的演技。影片公映后，获得了巨大成功。阿依夏木扮演的古兰丹姆以美好的形象和独特的民族魅力赢得了观众的喜爱，一时间全国家喻户晓。电影主题歌《花儿为什么这样红》唱遍大江南北。阿依夏木从一个中专学生突然变成了耀眼的电影明星，她的剧照上了《大众电影》的封面。于是，校园里，马路上，常有陌生人慕名追逐，只求一睹美丽可爱、心地善良的"古兰丹姆"的芳容。内地影迷写给她的信件像雪片般地向她飞来。

苦涩的婚姻　坎坷的命运

　　拍完电影后，阿依夏木回到财贸学校继续学习，这是一所学制两年的中专学校。阿依夏木拍电影耽误了功课，只好跟着入学新生重新学起。拍电影前一同入学的学友当时已毕业，走上了工作岗位。

　　正当她开始专心读书时，长春电影制片厂因为《冰山上的来客》的成功，认为阿依夏木的表演有潜力，是一块可雕琢的好玉，便寄函给财贸学校，请校领导支持长影的工作，并征询阿依夏木的意见，要把她调去长春电影制片厂当演员。阿依夏木写信征求父母的意见，父母反对她学表演，不同意她离开新疆。

　　阿依夏木与电影短暂的缘分便到此为止。

　　直到今天，阿依夏木的女儿还在埋怨她的母亲："妈妈，当年你为什么不去当一名专业演员？要不你的命运完全不会像今天。"当年的情况，孩子们是无法理解的。

　　不久，母亲得了重病，阿依夏木这个纯朴的孝女暂时休学，回到了乌什县朝夕服侍母亲。母亲的身体康复后，阿依夏木回到学校时，"文革"开始了，偌大的校园不闻读书声，变成了造反派的战场。

　　无书可念，学生们天天在"打倒"、"打倒"的声浪中度日，毕业了的也不能分配工作。这时，后来成为她丈夫的"他"，一直对她追求着。那么，结婚吧，一个人孤身在外，有个家多好啊！

　　"一结婚，我便发现自己嫁错了人。"这是她结婚30年后的今天，与笔

111

者多次交谈中说过的最沉重的话。

"他"性格暴躁,嗜酒如命。俩人的性格不同,不断发生的家庭纠纷把阿依夏木的一个个美梦击碎。怀第一个孩子时,她提出离婚,丈夫不同意。生下第三个孩子后,她仍然提出离婚,又遭丈夫反对。生完第四个孩子后,她认命了,不提离婚了,忍辱负重地凑合着过吧,为了四个孩子。

阿依夏木是这样的善良和软弱。

结婚、生子、繁重的家务,加上连续多年的"文革"混乱,使阿依夏木中断了学业,也失去了工作的机会。

直到 1972 年,乌鲁木齐市粮食局向社会公开招聘职工,阿依夏木参加考试,被录取。从此她成了一名粮食系统的普通职工,被分配在郊外的石油新村粮店卖粮。一卖便是 11 年。1983 年,她被调到市某公司当化验员。1986 年,已经担任某公司副经理的丈夫提出离婚。阿依夏木同意了。可是第二年丈夫又要求复婚,她竟也同意了。1988 年,丈夫又要离婚,她仍然同意,又办理了离婚手续。这样过了两年,丈夫又要求复婚,这次,她再也不同意了。饱经婚姻磨难折腾的她,心已碎,情已寂,她宁可独身一人。

根据离婚协议,她抚养两个女儿,前夫抚养两个儿子,勤劳俭朴的阿依夏木,生活稍为安定下来。

她和前夫仍然住在公司的同一栋家属楼里,她住六楼,前夫住三楼。两个儿子依恋母亲,加之不久前夫又结婚娶妻,两个儿子便常常在母亲身边吃住。为了四个儿女的衣着,阿依夏木很快学会了裁剪手艺,用省下的钱买了缝纫机,自己给四个孩子缝制衣服。她把一切都寄托在儿女身上。

1993 年,她的大女儿古丽娜出嫁。古丽娜在宾馆当服务员,婚后生下一个漂亮的儿子。阿依夏木看着女儿幸福的家庭,抱着可爱的外孙,感到喜悦和安慰,她坚持由她带养外孙。但是,不久便发生了不幸,女婿亡故。女儿和外孙的心里笼罩着驱不散的阴影。

经过岁月的磨难,阿依夏木的身体一天不如一天。她诸病缠身:高血压、心脏病,还有胆囊炎。她多次住院,有一次竟花去医疗费 9000 多元。而她所在单位的医疗费用是包干的,她有时看一次病便花去全年的医疗费。1994 年,她 47 岁便办理了病退手续。

现在,阿依夏木已经离婚整整 10 年。由于她对人诚恳亲切,又勤劳能干,加之至今仍风韵犹存,因此对她表示爱慕并求婚的男性常出现,但都被她一一回绝。

阿依夏木希望安稳过日子

近几年来,曾有一些热心人写信给她,表示慰问、关心、想念。安徽省某县粮食局副局长给她写信,欢迎她到安徽旅游,同时也欢迎她与他联手经营粮食。河南省太康县的一位汽车司机给她写信,表示愿意为她提供帮助。在乌鲁木齐市,也常常有一些她认识或不认识的朋友登门看望她。这一切,都给她带来鼓励和安慰。静下来的时候,她常常打开她的小木箱,拿出一个小布包,捧着往昔的剧照以及和白辛、雷振邦、谷毓英等众多演员一起的照片怀想过去。

那是美好的记忆和留念,却总显得遥远和陌生。1996年秋天,新疆举办天山电影节。梁音打听到阿依夏木的下落,登门看望了她。当时,阿依夏木感慨万分,她站在梁音面前,看着梁音,哭了,哭了很长时间。随后,便是许多记者,有的还扛着摄像机,把她小小的房子挤得满满的。这更使她怀想往昔的岁月。人们走后,给她留下的是更加沉重的悲怆。

有一次,《冰山上的来客》男主角阿米尔的饰演者、新疆体委排球教练阿不列米提与笔者一起去看望阿依夏木。笔者曾问她:

"你对你的婚姻后悔吗?当时为什么那么匆匆就结婚了呢?"

她答:"这是我的命吧,是命里定下的。"

当笔者遗憾地表示,拍完《冰山上的来客》她应去当演员时,阿依夏木说:"当时我什么也不懂,我父亲母亲也什么都不懂。我们乌什县是那样闭塞、落后,父亲母亲都从来没有来过乌鲁木齐,他们不同意,我想去也不能去啊。"

"那你后悔了吧?"

"几十年了,不说了。"

她告诉笔者,当年饰演假古兰丹姆的谷毓英,早几年去澳大利亚定居,不久前还给她来过信。

由于经济上很拮据,阿依夏木俭朴度日。她说,就怕病,一病人就受不了。给她最大安慰的是几个儿女对她很孝顺,在单位工作表现都很不错。

两代总理关心的一位准噶尔女人

从石河子市到泉水地的四分场,尽管道路不平坦,但道路两旁那高高的白杨树却绿树成荫、景色如画。正是瓜果飘香的秋季,条田纵横,流水潺潺,25千米的路程,不知不觉便到了。在高高的白杨树下的平房前,陈雪琴向我们走来,她的一条腿走路不很方便,但她精神焕发。这位16岁来到这里扎根35的年上海姑娘,今年已经是50多岁的人了。

这里是新疆生产建设兵团石河子总场四分场,陈雪琴在这个分场的医务室工作。

到新疆去,到祖国需要的地方去,16岁的陈雪琴离开上海。

陈雪琴从小聪明好学,15岁便加入了共青团。1964年5月,也就是她16岁那一年,上海市有数以万计的青年男女响应祖国的号召,到新疆去,到祖国需要的地方去。当时她所就读的上海市天平中学就有80多名学生主动申请到新疆去,陈雪琴被获准支边。她告别了父老亲友,告别了老师同学和生她养她的上海,登上西去的列车。

1950年新疆和平解放后,中国人民解放军22兵团在王震、王恩茂率领下进驻新疆,其中的一支劲旅便踏着膝盖深的积雪,开赴到准噶尔大漠安营扎寨。在这人迹罕至的荒野上搭苇棚,挖地窝,点燃了第一堆篝火,吹响了向荒原进军的第一声号角,用扛枪炮的肩膀拉动第一架沉重的犁铧。

不久,这支部队改称为新疆军区生产建设兵团,士兵们简称为军垦战士。陈雪琴成为军垦第二代人,是军垦事业群英荟萃的后继人。

陈雪琴来到这里后,开荒种地,挖渠修路,打土坯砌房子,这个在上海长大的姑娘,不但聪慧勤劳,干起活来也很泼辣,挑土、赶车、摘棉花,她都不比男人落后。不久,她便担任了副班长,成为总场里年纪最小的"官"。更幸运的是,在她从上海来到这荒漠之地一年后,也即 1965 年 7 月 5 日,敬爱的周恩来总理来到这里亲切接见了她。周总理非常关心这批年纪还小、又远离家乡父母,吃了很多苦的上海籍军垦战士。周总理是在两排白杨树下的林荫道上接见她们的,当时安排了 12 名上海籍军垦战士,陈雪琴是其中年纪最小的。周总理握着陈雪琴的手问她的年龄、问她的父母、问她想不想上海,安不安心。陈雪琴说这里是她的第二故乡,她一定扎根在这里,把这里建设好。

当时的那次半个多小时的接见,在全国人民特别是在广大青年中影响极大。各种新闻媒体进行了大篇幅的报道,新疆军垦战士战天斗地的事迹被全国人民所知晓所传颂,无数的热血青年从全国各地投身新疆,投身伟大的新疆军垦事业。当时担任生产建设兵团司令员和政委的王震、王恩茂专门邀请郭小川、贺敬之到新疆,为大型电影纪录片《军垦战歌》撰稿。《军垦战歌》纪录片中也收录了周总理亲切接见陈雪琴等军垦战士的情景,影片在全国放映后,全国人民受到了很大的感动和激励。

大漠上简陋的婚礼,高高白杨树下那小小土屋里的患难与共。

《军垦战歌》纪录影片在首都北京放映,北京部队一位年轻的放映员金铮携带着这部影片巡回放映,他看过的次数就不止十次八次了,影片中每一个画面每一个镜头几乎都烙印在他的脑海里。20 岁的年轻士兵金铮便产生了一个愿望:我要是能到新疆去当一名光荣的军垦战士该多好。苍天不负有心人,1966 年,金铮所在的部队一批战士要转业,他第一个报了名,并且坚决要求转业到新疆去。他的要求被批准了,他被转业到新疆水利厅工作,上班几个月后,他向组织要求到石河子军垦团场去,终于也得到了批准。来到了石河子总场后,金铮真是无比的高兴,他是一名军垦战士了,可以与周总理亲切接见过的军垦战士们一起工作一起生活了。也是一个瓜果飘香的日子,他巡回到四连放映电影,在一块宽阔的打麦场上,临时架起的喇叭出了故障,连队找来广播员帮助修理,这个广播员便是陈雪琴,喇叭修好了,他与她也在打麦场上相识了。

金铮很激动,他不仅仅是认识了一位美丽的上海姑娘,重要的是这个姑娘正是周总理亲切接见的 12 位姑娘中的"小鬼"。《军垦战歌》纪录片中她那甜甜的笑容常常浮现在他的脑海，如今，她便站在他的面前，带着甜甜的笑脸与他说话。金铮是个豪爽耿直的军人，相识不久，他便向她提意见："我每天都听你的广播，你每天一开始便念一段毛主席语录，为什么不在念语录前先说一段话呢？比方说今天要抢收小麦，你先说出这项任务的紧迫性和艰苦性，然后再念一段毛主席关于克服困难的语录，效果不是更好吗？"听着他的意见，她感受到他的坦诚、直爽以及对她细微的关怀，不知不觉，他们相爱了。

那是一段多么美好的日子啊！大漠是那样辽阔，新开垦的土地散发出芬芳，两人常常并肩散步在白杨小道上。尽管大家都很忙，他总在各个连队巡回放电影，她也日夜劳动在新开垦的棉花地里，有点空，她还要担任广播员、护理员或炊事员。两人见一面后总要相隔几个月才能再见一次。但是，两人的心却在艰苦的日子里越贴越近。经过3年多的恋爱，他们于1970年秋天结为夫妻。婚礼在一间简陋的土房里举行，除了几斤水果糖是掏钱买回来的，甜瓜、葡萄、葵花子、苹果都是连队里种植的。

笔者于1998年8月29日寻访到金铮和陈雪琴时，他们两人依然住在当年举行婚礼的这间土屋里，所不同的是，两人都已年过半百鬓发染霜了。28年的岁月不算短，在这不算短的岁月里，我们伟大的祖国已经发生了翻天覆地的变化，金铮和陈雪琴的生活在这28年里充满了坎坷、充满了风霜雪雨，发生在他们身上的故事，可以撰写一部小说。"文革"中，在当时激烈的斗争中，金铮被批斗、被关押、被长期审查。在笔者面前，金铮提起那些难忘的日子时，他以一种对她非常欠疚的口吻说："那时候，由于受到我的牵连，她被五花大绑押去批斗，押去游街示众……"听到爱人这番话，她的眼角涌出泪花，但她却用笑脸看着我们这些屋内的客人，挥手打断丈夫的话："都是过去的事了，还提它干什么。"接着把西瓜一块一块递到我们手里。

男女老少亲切地喊她小陈，江泽民总书记向她问好，共和国两代总理对她谆谆嘱托。

陈雪琴心地善良，朴实勤劳，是周围群众所尊敬的人。至今，当地群众仍亲切地称她为小陈。连队里有个叫刘月英的残疾姑娘，小的时候便在地上爬着走路，感到极为痛苦，几次想轻生自杀。陈雪琴知道后，一有空便陪伴着她,对她耐心地劝说安慰,让她鼓起对生活的勇气。同时为她织毛衣、毛裤,为她购买上学的学习用品,待她的精神状况有了好转后,陈雪琴为她筹集了一笔款,让她摆了小摊。在陈雪琴悉心的关心和帮助下,不久前刘月英结了婚,并且生了个可爱的孩子,过着幸福的生活。陈雪琴近些年一直在分场医务所工作,当药剂员,实际上她什么都干,是个闲不住的人,多次被评为先进工作者和优秀共产党员。1990 年 8 月,江泽民总书记第一次到新疆视察,到了石河子市,听取了石河子市总场的工作汇报后,便约请陈雪琴到宾馆,江泽民总书记见到陈雪琴,高兴地用上海话与她交谈,夸她投身边疆、扎根边疆的高尚精神。李鹏担任总理期间到新疆视察工作时,也专程来到石河子市的周恩来纪念馆,在当年周总理接见陈雪琴等上海知青的地方接见了陈雪琴,与她亲切交谈,与她一起回忆当年周总理在石河子市的情景。

她被中央和国家领导人接见后,回到连队从不宣扬,而是更加勤奋地默默地工作。好心人给她送来几张国家领导人接见她时的照片,她便拿给丈夫金铮看,然后仔细珍藏好。

悠悠岁月已经过去,她说:"我是一个普通的女人。"

从 16 岁进疆,到如今年过半百,34 个春秋似乎弹指而过,但对一个女人来说,已接近暮年。何况陈雪琴曾经熬过许多艰苦的日子。

8 月 29 日是个星期天,笔者突然上门寻访她时,她在药房忙着清理和搬运药品。进了她的土平房,桌子上放着两份刚填写好的表格,一份是停止使用的药品目录,一份是金铮填写的 1998 年 9 月份放映电影的计划,7 个放映点,每天在哪个点,放什么电影,都写得清清楚楚。平房里干净整洁,一台彩电已很老旧,书柜里摆放着一些医药书籍,书柜上的镜框里装着两张照片,一张是她和金铮第一个孩子满周岁时照的,一张是她与李鹏总理在一起谈笑风生的照片,笔者表示想借用一下,金铮便立刻取下镜框,把照片取出来交到笔者手里。

告别时,陈雪琴与金铮站在平房前让我们拍了张照片,然后把我们送到路口,站在高高的白杨树下与我们说再见。这些高高的白杨树很高、很粗、很茂盛,一直向远方延伸。为我们开车的司机已坐进驾驶室,他回头望着向我们挥手的陈雪琴说:"这个女人,既平凡,又伟大。"

王洛宾在狱中

　　王洛宾一生坎坷，在他83年的人生轨道上，几乎屈辱与荣誉一直陪伴着他。

　　王洛宾去世后，解放军出版社发行了一部《在那遥远的地方》，这本33万字的32开书籍的封面上还写了一行副题：怀念不朽的"传歌者"王洛宾。就是这本几乎介绍了王洛宾一生生平的著作中，专门有一章"王洛宾年表"，在这份记载着王洛宾从1913年出生，到1996年去世详细的年表中，只是简单地介绍了一句：1960~1975年，因历史问题，被关押在新疆第一监狱15年。

　　在"王洛宾墓志铭"中，也只有寥寥几句话："两次铁窗之苦，未断其云激四海，振兴民乐之梦，终生致力于让中国民歌流行世界百年之宏愿"。

　　王洛宾是1996年3月14日在新疆军区总医院因病去世的，享年83岁。

　　十年后的2006年3月14日前后，新疆维吾尔自治区乌鲁木齐市举办了一系列的"王洛宾逝世10周年"纪念活动，其中有一项活动是"王洛宾狱友座谈会"，笔者在这次座谈会上，与许多王洛宾昔日的狱友难得地聚集一起，从而也就轻轻地揭开了近半个世纪以前王洛宾在狱中的一些情况。

16岁的北京狱友

　　王洛宾在监狱关押了已经八年。在1968年冬天的一个日子里，有一天，"反革命中队"押进来一个新的犯人，看起来年龄很小，一脸的稚气，一脸的愁容，面对着茫茫的戈壁，这个犯人眼睛里时时涌出泪水。王洛宾很快了解到这个犯人名字叫戴斌，刚满十六岁，是北京市的一名中学生，因为说了一句"林彪怎么长得那么难看",被定为现行反革命分子,判刑三年被送到新疆接受改造。

在一个夜晚,夜已经很深了,王洛宾发现戴斌仍然站在雪地里久久地望着夜空,望着远方,王洛宾来到他身边,问他:"你望什么呢?"戴斌用手指着远方:"我的家可能是在那个方向吧? 我想我的爸爸和我的妈妈……"

王洛宾轻轻把他拉近怀里,"孩子,你心里很苦,是吧?"

戴斌转过身,望了王洛宾好一会儿,突然哭了起来:"伯伯,我实在不想活了。"王洛宾把他搂进怀里,"别说傻话了,怎么能不想活呢?"经过好一会儿的劝说,王洛宾当天晚上就睡在了戴斌的身边。

白天开始干活,王洛宾一直关注着戴斌的动静,生怕发生什么意外。中午吃饭有片刻的休息,王洛宾和戴斌找到一个晒太阳的墙角,戴斌说:"我活不下去了,我想死。伯伯你告诉我在这里能够有怎么个死法?想跳水,这里没有水;想跳崖,这里没有山……"

王洛宾问:"你今年多大了?"

"16岁。"

王洛宾拿起一根树枝在泥巴里划了个数字,对戴斌说:"你看,你16岁,我61岁,我们两个人的年纪倒个过,我61岁了不想死,你16岁为什么会想到死?"

戴斌沉默着。

王洛宾又说:"你判的是三年,我判的是十五年,我比你多十多年,我不想死,你更加不应该想到死……"

"那是为什么?"戴斌天真的反问王洛宾。

王洛宾笑着说:"因为我相信总有一天我们会看到光明,会获得自由,你更应该相信,你还多么的年轻啊!"

很快,61岁的王洛宾和16岁的戴斌成了朋友,一起谈心,一起向往着未来。

戴斌逐渐适应了周围的环境,情绪稳定了下来,对生活增添了勇气。有一天,他在砖窑旁的柴垛上捉到了一只小鸟,小鸟活蹦乱跳的,逗得戴斌好高兴。于是戴斌找了个纸箱子把小鸟放在里面,每天给小鸟喂些馍馍渣子,和小鸟逗着玩或和小鸟说话。王洛宾发现了,便劝戴斌把小鸟放掉,戴斌却舍不得，王洛宾对戴斌说："你渴望自由，我也渴望自由，小鸟也是渴望自由的啊！你放了它，让它自由吧。"经过劝说，戴斌跑到一处野树林，放飞了小鸟。

2006年3月12日的《纪念王洛宾逝世十周年狱友座谈会》上，年近50岁的戴斌在座谈会上谈起了这些往事，他说，他能活到今天，是因为在牢房里认识了王洛宾。

泥砖上写出《高高的白杨》

王洛宾在服刑期间，写出了两首传世之作《撒阿黛》和《高高的白杨》。前者是为一位维吾尔族女青年所作，后者是为一位维吾尔族男青年所作。两首歌曲曲调抒情，感情真挚，后来都被选编进大学的声乐教材中。

在王洛宾的同一个劳动小组中，有一位维吾尔族青年吾买尔江，他一直沉默寡言，几天听不到他说一句话，却留着一脸的络腮胡子，胡子几个月也不刮一次。每天，他埋头干活，干最重的活，总是主动帮着王洛宾干活，砖瓦厂都是重活，王洛宾推着一辆架子车，从砖窑口要把烧好的砖推到很远的一片戈壁平地上去，来回的装车、卸车、码砖，都是重体力活。每天王洛宾推着这种架子车来来回回十几趟，路是那样的坎坷，车是那样的破旧，吾买尔江年轻力壮，完成了自己的任务后，便帮着王洛宾干活，他称王洛宾为王大爷。慢慢地，王洛宾了解到，吾买尔江的姑妈有次来探监时，告诉吾买尔江，他的妻子因为不屈服于一个有权势的家伙的侮辱，已经离开了人世，埋葬在屋后的一个荒滩上。姑妈在他妻子的坟上插了一束当地盛开的丁香花。

听到心爱的妻子离开人世的这个消息，吾买尔江从此留须不语，痛苦郁闷。王洛宾了解到这些情况后怀着极大的同情，想方设法安慰他，让他开心。架子车轱辘在坎坷不平的路上发出吱吱呀呀的响声，伴着这吱呀声，王洛宾哼着轻轻的歌曲，逗着吾买尔江高兴。久而久之，吾买尔江也轻轻地唱起一些维吾尔族民歌，歌声伴随着汗水和泪水在戈壁上荡漾，这是一些南疆昆仑山下的叶尔羌河河畔的维吾尔族民歌，那既抒情又哀伤的音符深深地感染着王洛宾，王洛宾对吾买尔江说："我要给你献一首歌，写给你也写给你那位不幸的妻子。"在架子车吱吱呀呀辗转的路上，有一排高高的白杨树，王洛宾和吾买尔江常常蹲在白杨树下休息，王洛宾用一根树枝一遍一遍地、一行一行地在湿润的泥砖上划出一道道音符,慢慢地,《高高的白杨》歌曲产生了:"高高的白杨排成行,美丽的浮云在飞翔,一座孤坟铺满丁香,孤独地依靠在小河旁,一座孤坟铺满丁香,坟中睡着一位美好的姑娘……"架子车吱吱呀呀地响着,铺写在泥砖上的音符,王洛宾和吾买尔江一遍一遍地哼着。春天来了,这里没有丁香花,但是茫茫戈壁上却到处盛开着金黄色的芳香的沙枣花。王洛宾把沙枣花插在架子车上,插在吾买尔江腰间系着的那根麻绳上。轻轻的歌声伴着沙枣花的芳香,沙枣花的芳香伴着架子车的吱呀声,度过那难忘的日子。

多年后,王洛宾在乌鲁木齐市的一条繁华的街道上与吾买尔江邂逅想逢,两人相拥相泣,共同回忆起那难忘的岁月。生活在变化,社会在前进,《高高的白杨》这首歌曲已经唱遍天山南北,吾买尔江早已剃光了胡须,整洁的衣衫,愉悦的神情,显得潇洒又年轻,他在王洛宾面前,动情的唱起《高高的白杨》。

撒阿黛的意思是美好、光明,是对维吾尔族少女亲昵的称呼。王洛宾入狱不久,一位刚从新疆政法学校毕业的维吾尔族姑娘阿代提·托乎提被分配到王洛宾所在的中队,担任管教工作,这位年轻的狱警天真美丽,心地善良,喜欢唱歌跳舞,从不把王洛宾当作敌人歧视。她看见王洛宾年纪大,身体时有不适。这个时候,她便把他安排在劳动强度较低的杂工队干活,扫地、烧水、送水、送饭,王洛宾被她的善良和美丽所感动。在寂静孤独的夜晚,王洛宾曾经几次产生轻生的念头,但他常常听到窗外的歌声,那是阿代提在轻轻吟唱她喜爱的歌曲,歌声在空旷的大墙外飘荡,沁入王洛宾的心扉。他被歌声所感动,歌声给他带来了些许的温馨以及对未来生活的盼望,使他消沉的意志又坚强起来,打消了轻生的念头。经过一段时间的酝酿,王洛宾终于用胸中的一腔激情和柔情专门为她谱写了一首歌曲《撒阿黛》。在歌词中,他把她比作美丽的云彩,轻柔的晨风。

王洛宾出狱后,阿代提·托乎提被提拔到成立不久的新疆女子监狱,担任副监狱长,她提着礼物专门去看望过王洛宾。

为《共产党宣言》谱曲

王洛宾在新疆第一监狱服刑期间,从青海独立师调来一位警卫排长余安青。

1969年5月20日，珍宝岛战役刚结束，毛主席在天安门城楼发表"五·二〇"声明，提出加强反修防修战备。新疆是当时反修防修的最前线，很快一批部队紧急调往新疆，为了军事保密起见，余安青和战友们乘坐一辆铁闷罐车抵达乌鲁木齐市，驻守在八家户，任务是加强对新疆第一监狱的警卫。

余安青值勤时，常常看见一个干瘦的老头，坐在僻静的一处墙角晒太阳，老头头发长，胡子长，一双眼睛却炯炯有神，看不出这个老头有多大年纪。在老头的身旁放着一个破损了的瓷碗，半瓷碗的清水里泡着一副假牙，余安青走过去喊了声"五号"，这老头刹那间立正站了起来，像一根木头似的立在余安青的面前。余安青问："你服刑多少年了？""报告首长，我服刑快十年了。"回答完这句话，余安青看见老头空空的缺了许多牙齿的嘴巴。这时，老头迅速弯身从瓷碗的清水里拿起假牙套进嘴巴里，为的是在回答问题时再不要嘴巴漏风。余安青又问："你还有多少刑期？""报告首长，还有五年……"

余安青转身走了好远，回头看见那个老头还端端地立正站在那里，顿时他心里对这个老头产生出一种说不出的滋味。

很快，他打听到这个常常坐在墙角下晒太阳，身旁放着一碗清水，清水中泡着一副假牙的犯人名字叫王洛宾。听到王洛宾这个名字，在感到好奇和意外的同时，他感到震惊。因为，他从父亲和母亲那里，从中学的音乐老师教给他的音乐课中，他早已熟悉《在那遥远的地方》、《达坂城的姑娘》等到处都在流传的歌曲，经过进一步了解，这个王洛宾犯人解放前在他参军服役多年的青海也蹲过监狱。从此，余安青开始时时关注着这个犯人，但是，王洛宾毕竟是"反革命中队"的犯人，是整个监狱里的重刑犯，他与他，是水火不相容的敌我矛盾，他提醒自己，要提高警惕，划清界线。

但是很快，一件意外事件的发生，一下子把22岁的青年军官余安青和王洛宾的距离拉近了。

余安青有一位女朋友，名叫何芳，两人青梅竹马，一起长大，小学中学都是同班同级，余安青参军后两人的感情更加深厚。特别是余安青到了新疆后，两人的信件来往保持着三五天一封，互相思念的心情日益深厚。然而突然有一天,何芳的父亲———位革命领导干部被揪了出来,被打成"刘澜涛 61 个叛徒集团"的骨干分子。一夜之间,恐怖和不安以及耻辱笼罩着何芳一家,对生活对未来充满着美丽幻想的何芳,这时便感到自己掉到了一个深深的冰洞里,她常常目睹着父亲被揪出去批斗和游街示众,头上戴着高帽子,脖子上挂着大牌子,牌子上写着"大叛徒"。在何芳的心目中,父亲是一位出生入死经历过无数战火洗礼的英雄,一位无限忠于党忠于祖国的老干部;在家里父亲风趣幽默,慈善可亲,然而,一夜之间这一切都颠倒了。家里的门上、窗户上、墙上,都贴满了大字报、大标语……

在经历了种种精神的摧残和折磨后,何芳突然患上了精神病,被送进了精神病院。一朵鲜花凋零了。

余安青得到这些消息后,精神几乎崩溃,突然觉得眼前一片昏暗。但是,他是个革命军人,他不能表露出任何的情绪,部队要求每一个军人思想上不能有任何的私心杂念,不能有任何的情绪波动,军人必须时时刻刻在灵魂深处闹革命,保持坚定的革命立场,他痛苦的心情不能向任何人表露,不能有任何的发泄。但是,他毕竟是一个有血有肉的年轻人啊!在失眠的夜晚,他用他的血和泪偷偷地写了一首思念何芳的诗,诗的题目叫《离情》,诗写好了,他不能让任何人知道,不能给任何人看,但他无法压抑自己的情感,自己的悲痛,他突然想到了王洛宾,想到这个有智慧、有文化、有思想、心地又很善良的老头。

王洛宾看完这首诗,听完余安青的叙述,久久地沉默不语,然后望着余安青的眼睛说了一句话:年轻人,希望你坚强,坚强……

两天后,王洛宾把谱好的《离情》曲递到了余安青手里。"找个没人的地方,我们一起唱吧!"

哀伤、动情、深沉、轻轻的歌声,在夜幕下的戈壁荒滩上飘荡……

从那一天开始,余安青把王洛宾当成了知己。

于是,有一天王洛宾对余安青说:"我想为《共产党宣言》谱曲。"

余安青诧异地问:"为什么有这个想法?"

王洛宾说:"在我的童年时代,在北京我们的邻舍公寓里,住着许多俄文专修馆的学生,他们经常谈论列宁、赞赏列宁,后来我在这些学生那里读了许多有关列宁的书籍,感觉到这是位伟大的革命家,他言行一致,一心为公。后来又读了列宁对《共产党宣言》的评述,我也反复阅读了《共产党宣言》,现在,我想用音乐谱写它,描述它。"

很快,余安青找到了一本在白皮封面上印着五个鲜红红字的《共产党宣言》,送给王洛宾,并给他提供了几张稿纸。

经过王洛宾的精心谱曲,九易其稿,终于用中文、英文、俄文三种文字对照谱写出了有着 10 个页码的《共产党宣言》。

当时余安青很惊讶,王洛宾的俄文水平竟然很高。原来,王洛宾在北京时的音乐老师是一位俄罗斯学者,王洛宾年轻好学,很快,俄语达到了相当高的水平。有了俄语基础,王洛宾又自学英语,也取得很大进步,在谱写《共产党宣言》时,有些英文遇到难题,余安青还专门找来一本《英语辞典》,借给王洛宾使用。

余安青参加了 2006 年 4 月 12 日的《纪念王洛宾逝世十周年狱友座谈会》,会后,笔者来到余安青的家中。这位任职于新疆老干局办公室副主任的老军人,今年已经 58 岁,他现在是乌鲁木齐市颇有名声的玉石收藏家和书画收藏家。谈起王洛宾,他激情依旧,拿出许多他当年为王洛宾拍摄的照片以及他与王洛宾在一起合影的照片,我与他告别时他把一份《歌声作证》——怀念王洛宾先生;一份《和王洛宾最初相识的日子》两份他撰写的文稿送给笔者。

熊熊炉火旁的歌声笑声

十五年的狱中生活是孤寂而漫长的。与此同时,狱友们也有过一些短暂的终生难忘的欢乐时光。

犯人们每天的劳动强度都很大,特别是砖窑队的犯人,烧窑的,每人每天的任务是 2000 块,背砖运砖的,每人每天的任务是 3000 块。

当时从这里运出的砖每年产量超过 8000 万块,不但乌鲁木齐全市建筑行业用这里的砖,全疆各地也派车从这里拉运砖块。

在当年的乌鲁木齐市鲤鱼山下,土山连绵,一排排的砖窑,一排排的坯架,白天黑夜这里浓烟滚滚,冒着黑烟的是正在烧砖,冒着白烟的是正在溜水冷却,偌大的山坡荒野,被铁丝网和岗楼圈围着。

挖土、和泥、烧砖、起窑、搬砖、码砖,这一连串的劳动,是流水作业,是一种需要团结协作、互相帮助、互相配合的群体劳动。因此，汗水中也渗透着友谊、渗透着互相的关照，久而久之，这种友谊和关照是很感人的。

这些感人的充满友谊的情景常常体现在劳动后夜晚的火炉旁。那时的监狱，一个中队便是几百人，一个大屋一个通铺住着几十人甚至上百人。劳累了一天，大家最大的享乐便是围着大屋中的火炉，一面坐着、躺着休息，谈天说地，讲些故事，干些自己能干的事。犯人中有教授、歌手、剧作家、理发师、中学生、记者。火炉总是烧得通红通红，炉筒上总烤着厚厚的包谷饼子，烤得焦黄焦黄的，香喷喷的，当时每个犯人的粮食定量是38斤，多的45斤。其中90%是包谷面，10%是白面。窗外是皎洁的月亮，月亮下是高高的白杨树，远处是终年白雪覆盖的博格达峰，周围是寂静的大漠。那个四川籍的理发师老师傅总喜欢给王洛宾理理发，修理修理胡子；常治中是山东大学中文系毕业的高材生，分配在河南省豫剧团当了编剧，他因反革命罪被判了二十年刑，刑期比王洛宾还长。他总是坐在王洛宾的身边，在炉火的亮光下继续他的剧本创作；一位同时也被判了二十年徒刑的《羊城晚报》记者贾俊艺，他在火炉旁总是记着什么，更多的人是在炉火旁缝补自己的囚衣。这样的夜晚，这样暖洋洋的火炉旁，狱友们以及王洛宾自己都是激情满怀，大家忘却了劳累和艰辛，享受片刻的欢乐时光。王洛宾一边喝着炉火上熬煮的砖茶，啃着在炉子上烤焦的香喷喷的包谷饼子，他清清嗓子，深情地给狱友们轻轻地哼唱一些如《达坂城的姑娘》等情歌。有时也讲讲他在陕北时期与丁玲、塞克、肖军、肖红等人一起生活的情景，讲述他被国民党关在监狱三年的难忘日子。维吾尔族、哈萨克族犯人中有几个是歌手，是草原上的老阿肯，他们在熊熊的炉火前唱起许多民歌，有时也唱起十二木卡姆。尽管很多人听不懂，但那明快的节奏、抒情的音调给人带来阵阵快乐、阵阵温馨。这时，歌声笑声以及轻轻的敲打声、拍掌声会惊动屋外巡逻的卫兵，王洛宾这时会对卫兵说，不久监狱里有演出任务，他们是在练习剧目。

王洛宾反复地向狱友们说："最好的音乐在自己的国土上。"在这些难忘的夜晚，年纪最小的政治犯戴斌总是挨在王洛宾身边，眺望着窗外白雪皑皑的博格达雪峰，时时刻刻地向往着未来、盼望着未来。

当然，监狱内的大部分夜晚是很难度过的。劳累了一天，每个犯人要拿着一个小板凳,顶着纷飞的大雪,呼啸的寒风,集中到一个四面透风能容纳几千人的大礼堂,去参加忆苦思甜会或批斗会。这样的会一开就是几个小时,和剧作家常治中同铺的另一位犯人是词作家王森,王森也是反革命罪,他的妻子原来是一个村党支部书记,后来因为王森入狱,她的党支部书记职务也被撤了。但是,听说她的政治觉悟一直很高,监狱便破例允许她从河南来到新疆探监,让她向全监犯人进行一次忆苦思甜教育。会前,监狱代表让王洛宾指挥大家高歌一首《大海航行靠舵手》,然后让王森妻子上台。王森妻子先是一把鼻涕一把泪地控诉了旧社会的苦难后,接着便用手指着王森说:"我们两家世世代代都是给地主老财扛长工打短工的啊,家无隔夜粮,吃了上顿没下顿,好日子才过几天,你还干反革命的事,你们也没想想,国民党八百万军队都被共产党领导的解放军消灭了和赶到台湾去了,你们反党反人民对吗?我是个共产党员,带着一个妞,还有年老的公公婆婆,孤儿寡母的叫人咋活啊?"

王森妻子控诉完了后,监狱代表又让王洛宾指挥大家唱一遍《没有共产党就没有新中国》。王洛宾用双手打着拍子,代替着指挥棒,在男女犯的混合唱中,在几千人的高八度低八度中,在一些五音不全的哼哼中,王洛宾指挥自如。

这样的忆苦思甜会和批斗会占用着犯人们的大部分夜晚,正因为如此,在温馨的火炉旁得到休息,能喝上一杯砖茶,啃上几口炉筒上烤得香喷喷的包谷饼子,那是犯人们最大的最难忘的享受了,也是狱友们永远都难以忘怀的。

2006年3月14日的狱友座谈会上,狱友们回忆起当年那些火炉旁的夜晚时,大家都情不自禁地哭着笑着,相互拥抱着,每个人眼角的泪花湿了又干,干了又湿。

苦也罢,乐也罢,日子就这样日复一日年复一年地过着。

1975年5月22日,王洛宾服满了十五年的刑期被宣布释放,监狱管教服役长周启胜把一张油印的只有巴掌大的填写着王洛宾名字的释放证递到他的手里。

走出监狱,王洛宾无家可归,反而觉得更加的孤独,更加的失落。几天后,他又回到监狱,他对周启胜说:"我没有地方去,我还是呆在监狱吧!"于是，他又回到了砖窑队，和大家一起干活。两个月后，管教通知他，你必须离开监狱，这里没有你的指标，也没有你的伙食定量，你现在吃的饭是剥削别人的。

于是，王洛宾在乌鲁木齐街头流浪，他捡破烂，帮人看大门、看工地，用他 60 多岁的身体拉人力车。

直到 1979 年 11 月 29 日，粉碎"四人帮"三年以后，王洛宾接到乌鲁木齐军事法院的"刑事裁定书"，这份裁定书认为，经过认真复查，对王洛宾同志判刑所依据的几个问题，均不能成立，决定撤销原新疆军区军事法院对王洛宾的判决。

不久，他接到肖华同志的邀请，赴北京完成大型歌剧《带血的项链》的创作任务。

从此，王洛宾的生活揭开了新的一页。

王洛宾最后的日子

王洛宾最后的日子

1996 年 3 月 14 日零时 45 分,王洛宾在新疆军区总医院逝世。他走过了人生 83 个春秋。

第二天早晨,我们冒着飘扬的雪花,来到乌鲁木齐市幸福路军区第五干休所。这两天,天气突然变冷,变得阴沉。这个干休所住着一些军级师级离休的干部,王洛宾生前住在 8 号楼 2 单元 3 楼右侧的屋子。我们是赶来找王洛宾的小儿子王海成的。王海成与大哥王海燕、二哥王海星在医院里陪伴父亲两个多月。我们所熟悉的王洛宾的这间屋子依然锁着门,王海成没有来,或者来了又走了。门口的墙角,放着一把大葱,葱叶已经枯黄。墙角上面的电表,停止了转动。电表上横贴着一张指头宽的纸条,纸条上写着 3 个字:王洛宾。听见有响动,左侧的门开了,一位慈善的老干部说:"王老已经走了!"语气中含着伤感。

院子里一些战士静静地扫着雪,我们身上的 BP 机发出呼叫声,拿起一看,显示屏上显现两行汉字:人生划上休止符,著名音乐家王洛宾辞世。全市数万只佩带在人们身上的这种 BP 机,此时此刻都同样显示着这两行字幕。我们坐上一辆出租车赶往军区总医院,年轻的出租车司机问我们:"王洛宾死了,知道吗?"说着,他调整好他车上的收音机:"听听,这是王洛宾活着的时候的讲话……"车外的雪下得越来越大,"天老爷在哭,要不,一直是晴朗朗的天空昨天开始怎么下起这么一场雪。"

正要起飞的前夕住进了医院

1996年元旦期间，王洛宾从新加坡回到乌鲁木齐。在新加坡他出席了为他举行的专场音乐会，并为大寺开光谱曲唱歌。回到乌鲁木齐的他感到非常劳累，但他还是订购了1月8日飞往北京的机票。北京电视台邀请他去担任外国人唱中国歌曲比赛的评委，并为他的一部专题片摄制最后几个镜头。然后，他要再赶去云南，参加昆明三月三国际民歌赛。

1月6日，王洛宾拿到了机票，他感到身体有些不适，解手时有腹泻，他便到他长年定点看病的军区总医院去看病，医生诊治后，劝他住院认真检查一下。

1月7日，王洛宾住进了军区总医院高干病房。他只带了一件换洗的衬衣和简单的洗漱用具。在病床上躺不住，他站在窗前望着窗外灿烂的晴空，望着远处天山的雪峰，他想着那部还没有写完的六幕歌剧。除了三月三昆明国际民歌赛，他还答应过4月7日参加广西南宁赛歌会。他有许多的事情要办。

1月8日，他住进医院的第二天，接到美国加利福尼亚洛城蒙市"万年青合唱团"寄来的一份精美的贺年卡，他特别的激动，在病室里创作了一首歌，赠给了这个合唱团，歌的名字叫《歌唱万年青》：

一盏标灯照耀老年航行
亲爱的朋友那不是标灯
那是万年青的歌声
那歌声热情奔放
照耀着老年第二次航行
一声春雷响彻万里云空
亲爱的朋友那不是春雷
那是万年青的歌声
那歌声热情奔放
那歌声奔放热情
强有力地召唤世界和平

写完这首歌，他在歌名的右侧上端醒目地写上四个字：洛宾作歌。

他不会想到,这是他最后的手笔,最后的签名,最后的创作。

这些日子,他心情非常的好。

1月17日,住进医院的第十天,他收到中国音乐著作权协会写给他的一封长信,告诉他关于王洛宾版权无休止的论战已经结束。在没有具体人或代理人提出版权要求时,谁改编整理,版权归谁,社会舆论无法改变其版权归属。

纠缠过他多年,多年来使他哭笑不得的版权争论,终于有了终结。

他把这封使他欣慰、使他轻松的信件以及万年青合唱团的那份精美的贺卡放在枕边,不时拿起来看看。

他心情很好,不时哼些歌曲,听些音乐,他希望即使不是那么很奔放热情的歌声,也能照耀着老年第二次航行。

他每天接受这样那样的身体检查,医院的专家,和蔼可亲的护士,时时来到他的身边慰藉。

2月23日,医院把一份病重危故通知单送到军区第五干休所,医生在重危故三个铅字中,在危字上打了个圆圈,即:病危通知单

姓名:王洛宾

年龄:83岁

性别:男

部别:军区第五干休所

入院号:43303

诊断:胆囊癌术后广泛转移

入院日期:1996年1月7日

报告日期:1996年2月23 19时30分

军医 贾勤惠(签字)

王洛宾不知道自己的病情,住了40多天医院了,病情不见好转,他开始着急,开始烦躁。他对来看望他的朋友又谈到他的六幕歌剧《帕塔木汗》,他说,如果身体好,只需要十天半月便可以把这部歌剧写完。

这是一个维吾尔族的民间故事:青年库尔班与美丽的姑娘努尔汗在举行婚礼,国王路过时看上了新娘并把她抢走,把库尔班关进了监狱。嫉妒在心的王后用石灰弄瞎了努尔汗的眼睛。在狱中,库尔班结识了一位智

慧的老人,库尔班出狱后与老人的女儿帕塔木汗一起,领导群众反抗国王,在打败国王的并肩战斗中,库尔班与帕塔木汗产生了爱情。在他们两人的婚礼上,来了一位瞎女人,帕塔木汗脱下新娘的礼服,穿在这位瞎女人努尔汗身上……

在王洛宾的眼前,常常映现这些情节、这些人物、这些场景。

他还说,他还答应过马来西亚和台湾,要到那里去进行文化交流,去举办音乐会。

这时,新疆军区司令员傅秉跃中将以及其他一些领导同志,来病房看他。

他的大儿子王海燕从澳大利亚飞回乌鲁木齐,来到病房。

王洛宾似乎意识到了些什么。

3月初的一天下午,王海燕如实地将病情告诉了父亲。

王洛宾听完王海燕的话,显得十分的平静和坦然,他说:"这些情况你们应该早告诉我,既然是这样,我们就回家去吧,在这里每天用这么贵的药,一针就是1000多元,给一个没有救的人,又何必呢?"

他开始沉默。

尽管他已经83岁高寿,但他身体好一些时,便感叹人生苦短。八一电影制片厂的一位记者去看望他,王洛宾说:"人一生不能自己骗自己,在身体行的时候,应该多干点事,我后悔我干得太少了……"

我站在这里　给我照张相

83岁,波澜壮阔,坎坷短暂。

1941年,王洛宾以共产党嫌疑分子的罪名,被国民党关进兰州监狱,1944年释放。

1960年,他以"反革命罪"被关进新疆第一监狱。

1975年,在狱中度过了近15个春秋后,他被释放。出狱时唯一的财产是一顶破旧的蚊帐和一大捆报纸。他为了糊口,拉人力车,洗碗盘,捡破烂,看工地……

1981年7月,当时的乌鲁木齐部队政治机关为他举行"平反"大会。他的问题得到中央有关领导、全国文联、新华通讯社以及许多方面同志的关心。当他拿到平反证明，并被任命为新疆军区歌舞团艺术顾问时，已经68岁。他开始了第二次生命的航行。

笔者与王洛宾在乌鲁木齐一起生活几十年，同住一条街，常来常往，在一起谈人生谈社会谈文学谈音乐，他总是妙语惊人，许多的话语充满哲理充满幽默。当他用一双真诚的眼睛望着你并感到了你的共鸣时，他会慷慨激昂，手舞足蹈，在屋子里一面说着走着比划着。

王洛宾在新疆蹲了15年多的监狱，遭受的折磨和苦难是很多很深的，但他对新疆却永远是那样的痴情和深情。在台湾访问时，有一位记者问他："您的歌曲已流传国外，您是否有离开新疆的打算？"他答："这是绝对没有的想法，新疆很好，新疆是个好地方。"又问："您最大的苦恼和快乐是什么？"他答："没有苦恼，我要长寿，最大的快乐是寻找幽默，幽默能使人长寿。"又问："您最喜欢什么地方？"他答："新疆。"

在王洛宾的客厅里，到处摆放着精致的纪念品、礼品和各式各样的奖品。其中不乏金银饰品、用百元面值的美元编织的花环。当我们提议请他拿一件纪念品在屋子里拍一张照片时，他用眼睛扫视了一下周围，高兴地捧起一块在屋子里毫不起眼的白色长方木板，然后转身站在挂有他一幅照片和一幅漫画的墙壁前，对我说："我站在这里，给我照张相。"他捧在手里的木板上是一块一亿年的金属矿石，来自新疆准噶尔大戈壁，是一位地质工程师送给他的。这是新疆大地的产物。因此，这是王洛宾觉得最珍贵的纪念物。

王洛宾家里还有一件他时时离不开的"宝"——那便是他的那辆破旧的自行车。几十年了，直到住进医院的前几天，他还骑着他那辆自行车，穿街走巷，风雪无阻。

前年7月，他应邀到美国，出席在联合国总部举行的王洛宾作品演唱会。在这个演唱会上，中国常驻联合国代表李肇星大使拉着王洛宾的手走到数百名外交使节和联合国工作人员面前，致词说："联合国每天都收到关于战争、动乱和灾难的报告，我们中国著名的作曲家王洛宾先生今天却给我们联合国带来了美好的歌声。刚才我与王洛宾先生交谈，他说他为自己是中国人感到骄傲。那么我认为，喜爱王洛宾歌曲的人，也会为王洛宾而骄傲。"

　　王洛宾在美国进行文化交流和访问后，8月回到乌鲁木齐。到了家，第一件事情便是把自行车推到院子里，仔细擦洗了一遍，然后骑上它到百货公司购买影集，因为他从美国等地又带回了许多珍贵的照片。出门不远他便碰上我们这几位熟人，我们都惊讶地望着他和他的自行车："你不是在纽约吗？怎么……"原来，我们前一天还从电视中看到王洛宾正西装革履地在联合国总部。而此时站在我们面前的王洛宾，依然一身旧服，一把山羊胡子，一辆破旧的自行车。

　　王洛宾在新疆已经骑坏了5辆自行车。

热腾腾的牛肉面　痴情的大豆谣

　　骑着破旧的自行车，王洛宾去的最多的是幸福路邮电局。去寄信，去取稿费、取邮包、取特种挂号信，有些稿费单只有几元几十元，邮局的小姐见了他便招手，请他不要排队把稿费单直接递进来。他也骑着自行车去找亲友串串门，隔三差五要到东风路马老汉开的那间牛肉面馆吃一碗热腾腾的兰州牛肉面。50年代初他就喜欢吃马老汉的牛肉面。那时王洛宾住在盛世才时期遗留下来的一间阁楼里，马老汉比王洛宾小十多岁，每天晚上，马老汉总要下一碗热腾腾的牛肉面，跨过窄窄的巷道，爬上一节很陡很窄发出嘎吱嘎吱响声的楼梯，把牛肉面送到王洛宾手里。那时，王洛宾每天晚上都要在这间小小的阁楼里忙到深夜，整理资料，写些日记，作些词曲。后来王洛宾进了监狱，马老汉到处打听，打听清楚了就去探监，探监时便设法送去一碗牛肉面。王洛宾出狱后，当天就到马老汉的面馆里吃牛肉面。这几年，两个人来往更多，感情越来越深。

大雪，没有哀乐的追悼会

　　3月20日，乌鲁木齐市又下起了纷纷扬扬的大雪。

　　王洛宾的追悼会在市郊燕儿窝举行。

　　许多革命先辈以及在新疆的名人，都长眠在燕儿窝烈士陵园。阿合买提江、包尔汉、陈潭秋、毛泽民、林基路，都长眠在此。

　　3月20日是阴历二月初二，春分，这一天正好太阳照在赤道上。

　　成千上万的各族群众以及新疆的党政军领导同志，还有王洛宾的亲友、学生，迎着大雪赶到燕儿窝，与王洛宾最后告别。

没有哀乐。只有鲜花、松柏、挽联、花圈，还有《在那遥远的地方》的缠绵悱恻的旋律。近两个小时的告别葬礼仪式，从始至终都播放着这首经过低调处理的曲子。在静静的灵堂大厅里，这首低沉的曲子使无数的人泪洒衣衫。王洛宾安祥地睡卧在许多鲜花和松柏之中，他身穿一套军服，头的一侧放着一顶皮军帽，闭着双眼，似乎在静静地思考着什么。灵堂正中央，摆放着他的一幅大照片，照片两侧的白色挽联上书写着两行字：一代歌王长眠在那遥远的地方，沧桑人世永远高唱高高的白杨。澳大利亚著名画家刘开西是王洛宾的朋友，他3月15日从中央电视台的新闻联播中惊悉王洛宾逝世的消息，立即动身，于3月19日赶到乌鲁木齐。现在，他站在王洛宾遗体前向这位音乐老人默哀。石河子市的女青年蒋玲，是得到王洛宾的帮助而走上音乐道路的，她清早从石河子赶到这里，虔诚地把一朵又一朵的白花放到恩师王洛宾的胸前。无数的人，走过王洛宾身旁，向他告别向他致敬，在他遗体旁请人拍下一张张照片。

王洛宾沧桑的一生，劳累了一生，他该休息一下了。

贺绿汀、刘绍棠、臧克家、李雪健，许许多多的朋友，给他发来了唁电，送来了花圈。

新疆维吾尔自治区党委书记王乐泉等领导给他送来了花圈。

新疆军区司令员傅秉跃中将等军区领导向他鞠躬，向他的遗体告别。

无数的花圈挽联在大厅里摆不下，延伸到大厅外的长廊下的大院。

王洛宾不会寂寞。

在他生前住室的阳台上，高高吊着一串风铃，微风吹来，发出叮叮当当的响声。那次他捧着金唱片请笔者在阳台上观看拍照时，还风趣地用一个指头拨拉了一下风铃，让风铃发出一串响声。王洛宾说，这风铃声是最自然最动听最浪漫的音乐，在夜深人静的时候，我听到这风铃的声音，便不感到寂寞。

达坂城镇选派了十几名代表，从百里之遥赶来，最后看一眼他们崇敬的名誉镇长王洛宾。

新疆青少年出版社将出版不久的《王洛宾传奇》一书，赠送给参加追悼会的人们。

　　王洛宾的一生,充满了神秘,充满传奇。新疆军区政治部定稿的《王洛宾同志生平简介》在追悼会上被送发到每一个人手里。在这份铅印的生平简介中,人们看到了王洛宾的一些坎坷经历以及对他的评价。人们知道,王洛宾1949年随王震将军进入新疆,当时他担任第一野战军第一兵团政治部宣传部文艺科科长。他曾获得中国人民解放军胜利功勋荣誉章。1991年7月开始,享受政府特殊津贴。

　　生平简介中说,王洛宾同志是一位具有强烈爱国精神的音乐艺术家。在中华民族危难时,他毅然奔赴抗日前线,几次参加抗日宣传组织,积极进行抗日宣传工作。他用满腔的爱国热情,先后创作了《老乡,上战场》、《洗衣歌》、《奴隶之爱》等大量抗日歌曲,唱遍华北前线,鼓励了许多有志青年投身抗日救亡运动。全国解放以后,他又满怀对新中国的热爱之情,创作了《萨拉姆毛主席》、《社会主义光芒照在我老汉的心坎上》、《亚克西》等100多首歌颂党和社会主义的歌曲,在整个新疆乃至全国广为传唱。十一届三中全会以后,重获新生的王洛宾又积极投身于音乐创作,以惊人的速度在短时间内完成了《带血的项链》、《托木尔的百灵》、《奴隶的爱情》等3部歌剧的音乐创作。他的足迹遍布大西北,先后收集整理改编翻译了十几个民族的700多首民歌,出版了38部歌曲集,使中国的西部民歌不仅流传全国,而且传遍了全世界。如《在那遥远的地方》、《半个月亮爬上来》、《达坂城的姑娘》、《阿拉木汗》等歌曲,至今在世界各地广为传唱。在生命最后的几年中,他还多次应邀赴美国、新加坡、马来西亚以及我国的台湾省和香港等地,举办音乐会,进行讲学活动。1995年3月进行胆管癌切除手术之后,他仍然不顾年迈多病,以顽强的毅力同病魔作斗争,先后6次外出参加国内外有关文化交流活动。王洛宾的不少作品已成为我国民族艺术宝库中的经典之作,为丰富和发展中华民族的文化艺术作出了重要贡献。

　　王洛宾的艺术成就,永载史册!

　　天山戈壁听悲鸣,何处歌王惜别情。

　　坎坷一生随史去,曲词留世播峥嵘。

　　一代歌王今逝去,千古绝唱永留存!

世界十大职业探险家刘雨田
谁人知晓他的泣血夫妻情

刘雨田,联合国科教文组织公布的世界十大探险家中惟一的中国人。

他职业探险 21 年来,从事探险活动 85 次,行程 10 余万千米。

他两次喝自己的尿救活自己而战胜死亡。

他两次在中央电视台《东方之子》专栏中接受白岩松等人访问,畅谈他的传奇人生。

他的婚姻生活,却是一条无人知晓的漫长的泣血之路……

泪洒妻子的墓前

迎着飘飘的雪花和丝丝寒意的春风,刘雨田从青海赶回新疆。他穿越格尔木、茫崖、梧桐美人、可可西里,跨越高耸的阿尔金山,进入塔克拉玛干沙漠边缘的新疆若羌县,县委书记张亚平买了块大白布,用毛笔题写,赠探险奇人刘雨田先生:踏遍祖国千山万水,留下一片爱国赤心,精神彰显中外世人,愿君一路凯歌顺风。维吾尔族县长用维吾尔文把这段话也写在这块纯洁的白布上,县委书记和县长双手把这块白布赠给刘雨田。若羌县是塔克拉玛干大沙漠中的一个人口很少,面积却有 6 万平方千米的地方。刘雨田把这块大白布珍藏在他那个伴随他走过千山万水的背包里,然后,告别若羌,3 月下旬的一个傍晚抵达了乌鲁木齐市。

刘雨田离婚妻子宋成健住了两年多的医院,2005 年 2 月, 还有几天就是春节,宋成健去世,她才 58 岁,带着孤独、带着对刘雨田苦涩的思念离开了人间。漂泊中的刘雨田一个多月后才得知宋成健去世的消息。如今,他急急忙忙背着他那沉重的背囊悄然回到乌鲁木齐,来到她的墓前,双腿跪地,给她献上一条哈达,泪水不停地流着,泪水滴落在洁白的哈达上。

友人问刘雨田,为什么给宋成健献哈达,刘雨田说:"哈达象征着纯洁、洁白无暇,宋成健是世界上一位最好的、最纯洁的女人。"

刘雨田曾经两次喝自己的尿救活了自己,探险的日子他经常与死亡顽强抗争,他从来没有流过一滴泪,他在向笔者讲述他的妻子宋成健时,他几次流出热泪,用他粗大的手背不停地擦拭着泪水。

他是世界十大探险家之一

刘雨田属马,63 岁。他 1984 年起步成为一名职业探险家,至今已有 21 年的探险生涯,他的探险历程达 104276 千米。

2000 年 6 月 14 日,联合国教科文组织公布了十大探险家名单,刘雨田榜上有名。他是唯一获此殊荣的中国人。

1998 年 10 月,吉尼斯总部向刘雨田颁发《世界之最》证书,称他共进行 86 次探险活动,其中徒步万里长城、世界第一峡谷雅鲁藏布江大拐弯、"死亡之海"塔克拉玛干大沙漠、新疆罗布泊,同时拍摄了一万多张黑白、彩色照片,写下 400 万字的探险日记。

2001 年 3 月 14 日,吉尼斯总部又向刘雨田颁发《世界之最》证书,共三项:最早徒步踏遍了嘉峪关至山海关万里长城的人;步行探险历程最长的人;坚持个人探险历时最久的人。

探险 21 年,徒步 10 万余千米,他走完了万里长城、巴丹吉林大沙漠、腾格里大沙漠、毛乌素大沙漠、丝绸之路、河西走廊、古尔班通古特大沙漠、"死亡之海"塔克拉玛干大沙漠、鄂尔多斯台地、大青山、格拉丹冬雪山、玉珠峰雪山、多雄拉雪山、横穿世界第一大峡谷、帕龙天险、珠穆朗玛峰、卡拉麦里山、鸟沙山、将军戈壁、恐龙谷、五彩弯、硅化谷、魔鬼谷;考察了刀郎王国、玛江勒克古城、巩乃斯谷地、秦长城、赵长城、阴山岩画、神农架野人、还有中国唯一不通汽车的墨脱、藏东原始森林和热带雨林、喜马拉雅雪人、野生胡杨林、野生动物保护区、扎达土林景观、古格王朝遗址、神湖、神山岗仁布齐、界山大坂、石头城等。国内外对他奇迹般的探险生涯进行了持续的多方面多视角的宣传报道:中国探险第一人;探险路上的不归者;我选择了苦难;历史选择了刘雨田;刘雨田虎山再行壮举;走近刘雨田;中国超人刘雨田;走过万水千山;挑战死亡;磊磊落落刘雨田……

中央电视台《东方之子》打破常规,不同时期两次报道刘雨田。中央电视台《五环夜话》也为刘雨田专门做了专题。国内新闻媒体、港台及世界数百家报纸、杂志、电台、电视合报道了他的探险历程,人们称他为21世纪伟大的探险家、旅行家,媒体称他为世纪英雄。只身闯大漠、走戈壁、攀高山、涉大河,他用自己的血肉之躯,为祖国填补了一个又一个的探险空白,其中有些是世界级著名的探险家如斯文·赫定、斯坦因、普尔热瓦尔斯基等不敢问津的探险项目,却由他在根本不可相比的条件下独立完成了。

写下的400万字的探险日记,内容涉及政治、经济、历史、地理、文学、艺术、考古等各项领域,还拍摄了大量录像资料。发表的一些散记均获得全国大奖,其中包括《为了母亲的微笑》、《神秘罗布泊》、《穿越死亡之海》、《横穿世界第一大峡谷》、《世界第三级探险记》及《探险生涯》等。

对于这么一个神奇又神秘的人,有人说他是"英雄"、"国宝"、"中国超人"。也有人说他是"傻子"、"疯子"、"有精神病"。更多的人说他是孤独者,甘于寂寞者,是一个不会笑的人。

刘雨田原是新疆乌鲁木齐铁路局宣传部的一名干部,也许是新疆辽阔大地的神秘,也许是祖国大好河山对他的诱惑,他当宣传干部时,便从事着探险活动的准备,为了锻炼好身体,适应野外的气候环境,他在无法遮挡风雪的窄小凉台铺了一张窄小的木板床,几年时间睡在露天的凉台上。

1984年,他给组织上递送了一份请长假报告,说他要外出探险,等了一个月,组织上没有批,他不辞而别,走上了从此再不回头的探险之路。谁知走到塔克拉玛干深处他吃了一种含毒的野草。当时任新疆维吾尔自治区主席的铁木尔·达瓦买提专门调动飞机在塔克拉玛干沙漠中寻找他,在他奄奄一息的时候,被一位牧民发现,用骆驼把他驮到于田县医院抢救。铁路局得到消息后,派专人去看望他,送去慰问品,结算医药费后,同时也动员说服他回来工作。但是,他铁了心要去完成他计划已久的探险之路,没有听从劝告,病好后继续他的探险活动。

从此,他成为中国唯一的一位职业探险家。

离婚，为了使妻子解脱痛苦

刘雨田是个真情男子，是一个最懂得感情、最珍惜感情、最多情多义的男人，他的感情像蕴藏在火山的烈焰一样炽热沸腾。在乌鲁木齐市逗留的日子里，他找到了他少年、青年时代一起的伙伴，与他们一起共同欢笑、共同流泪、共同干杯、共同醉倒，还登门拜访了与他父亲共事的新疆著名中医专家刘继祖。在刘雨田的父亲刘士俊去世后，是刘继祖为刘士俊撰写挽联，挽联概括了刘士俊坎坷人生以及他对边疆中医事业的卓越贡献。刘雨田紧紧握着刘继祖夫妇的双手，默默地坐在沙发上倾听刘继祖夫妇讲述刘雨田父亲、母亲的高尚人品以及感人医德。他又专程登门拜访曾经鼎力相助过他从事探险活动的原新疆体委主任吕铭。今年已经 78 岁高龄的吕铭见到刘雨田突然来到家里看望她，显得又惊喜又激动，她从躺着的沙发上坐起来向前拥抱着刘雨田，用微带山西的乡音连声说：雨田啊，我没想到还能见到你，真没想到你还会来看我。吕铭也是一位传奇式的女人，她是山西文水县老区第一个女共产党员，是刘胡兰烈士的入党介绍人，她随王震部队步行进疆后，参与了新疆妇联和新疆体委的组建工作。主持新疆体育工作期间，不但使新疆的体育事业得到蓬勃发展，射箭、篮球、马术等多种项目在全国夺冠，而且还组织了中法、中日、中美的联合登山活动。刘雨田从事探险活动后，她从精神上物质上都给予了很大的支持，每当刘雨田出征远行或凯旋归来，只要她在乌鲁木齐，她都要亲自为他送行、为他接风、为他请功报奖。刘雨田询问着她的身体情况和饮食情况，拉着她的手，坐在她的身旁，他捧起山西省委特意赠送给吕铭的那尊刘胡兰全身汉白玉塑像，庄重地摆放在吕铭面前的茶几上，然后请人帮助为他和吕铭一起合影。

刘雨田曾经是一个幸福的四口之家。妻子宋成健是乌鲁木齐铁路局中心医院护士，当刘雨田决定要去探险远行时，宋成健第一反映就是极力劝阻。但是，任凭妻子怎样苦劝，都无法改变刘雨田的决心，知道丈夫确无回心转意，宋成健说："无论你走到哪里，给我们来封信，也好给你把钱和粮票寄过去。"

1984 年 5 月 10 日，宋成健送丈夫上路，叮嘱他："走不动了，就休息几天,想吃什么别怕花钱。"刘雨田跳上公共汽车,回头对妻子说:"家里就辛苦你了。"

刘雨田走后,宋成健撑起了一个家,她的工资只有六七十元钱,还得供两个孩子上学。在医院忙碌了一天,回到家里,看着两个嗷嗷待哺的孩子,马上忙着做饭,春夏秋冬,她默默地承受着。刘雨田杳无音信,她的心被一种不祥的预感笼罩着。

不久,不断创造探险奇迹的刘雨田名扬全国了,他应邀到北京大学、清华大学作报告,国外的媒体都作了长篇报道。刘雨田的事迹被选编到中学语文课本中,但在人们的眼里,长发飘飘的他已"不食人间烟火"了,他长发披肩,穿行在喧闹的都市,健步如飞,不同的价值观让他变得和现实世界日渐隔膜。

宋成健能够理解丈夫,丈夫工资没了,她庆幸"自己还有一份工作,可以抚养孩子,照顾老人。"宋成健不得不常常向亲戚朋友借钱寄给他。她理解他:"他太痴迷探险了,可能就是这种执着才能创造奇迹。"

1988年1月,刘雨田终于成功地穿越了"死亡之海"塔克拉玛干大沙漠。回到家里,宋成健看到他又黑又瘦,整整一个星期,天天给他做红烧肉、羊肉汤。

想到妻子这些年来为自己吃苦,刘雨田觉得自己不能沉默下去了。他很清楚,自从1984年走上探险这条路,自己对家,对孩子、对妻子、对父母就再没有尽到过一点责任。他不愿再拖累她。

他提出了离婚。宋成健说,是我对你不够好吗?

不是,刘雨田摇摇头。

妻子的眼里含泪了:"你走了几年,事业上有一定的基础了,家里帮不上你大忙,但是将来不管你走到多大岁数,七老八十了,走不动了,啥时回来,这还是个家呀。这些年来,除了刚开始我劝阻过你,后来知道你决定走这条路了,一直在全力支持你,家里的事从没让你操过心。"

刘雨田不想欠妻子太多,想让她从担心受怕的痛苦日子中得以解脱,他咬咬牙说:"我去办事处问过了,我们生活方式、工作方式、思维方式不同。"

宋成健知道丈夫其实已经决定了。便说:"我不希望分手,但你一定要分手,我尊重你的意见。如果你觉得这个家是个负担,我同意离婚。但是我有个条件,咱们分手的事不能让两位老人知道。公公婆婆一直待我不错,他们年纪大了,身体又不好,经不起打击,你要是回来了,我们一起去看他们。"刘雨田点点头。

宋成健说完,独自下厨房做了一桌酒菜端上来,把两个孩子叫过来,含着泪说:"来,咱们给你爸爸过最后一个生日,他46岁了挺不容易的,你爸打算离开咱们家了。离开后,对他的事业成功有帮助,我没意见。"

刘雨田沉默着。

宋成健了解他的性格,忙说:"他都提了好几次了。如果离婚对他的事业有利,那就离吧。"

办完离婚手续,刘雨田再次出门远行。

离婚后,妻子的痛苦更加深重

不久,刘雨田又一次走万里长城时,脚被摔伤了,被送到太原一所医院治疗,宋成健从报纸上获得这一消息后,她急忙从乌鲁木齐市到太原市看望他,服侍在他的身旁。

1988年,女儿考上新疆艺术学院,儿子考上乌鲁木齐铁路技校。女儿上学的几年,宋成健皱纹深深地嵌在额头上,白发一天比一天多,但看着孩子的成长,她感到些许的欣慰。

刘雨田在与宋成健办理了离婚手续10年后,他给他已长大懂事的儿子写了一封信,信中说:"你的母亲是一个伟大的女人!"他又说:"我在世界飘泊10多年,遇到过无数的女人,但没有遇到过比你妈妈更善良更好的女人。"

宋成健把两个孩子含辛茹苦抚育长大,买斤羊肉回来,孩子把肉吃了,她用剩下的肉汤泡一个馒头充饥。她认为刘雨田探险是一时的激动,在外面经历了一些苦难以后会很快回来的,会回到妻儿的身边。她苦苦盼望着、等待着刘雨田归来。严寒而又漫长的冬天,乌鲁木齐的气温常常是零下30℃左右,在大雪纷飞的夜晚,宋成健总是惦记着此时此刻她的丈夫在哪里呢? 呼啸的寒风中她倾听窗外的动静,她多么希望听到那熟悉的敲门声……她不太了解外面的世界,但是,心里却常常惦念着雨田,于是,她买了几份地图,从报纸上看到有关刘雨田的消息后,便爬在地图上寻找起来。

对探险事业已经如痴如狂、痴迷不悟且性格倔犟的刘雨田拒绝了所有一切朋友包括妻子宋成健对他的劝说,表示决不放弃探险事业,决不后悔他的选择,特别是对于征服"死亡之海"罗布泊,他说哪怕是还会有十次失败,他也要第十一次穿越成功。

欢乐和痛苦都是一段过程、一段历史

离婚给刘雨田带来了行动上的轻松,他的行踪更加神秘更加杳无音讯。刘雨田的父母随着年岁的增大,身体一天不如一天,病痛常常纠缠着两位老人。善良的宋成健每个星期天安顿好两个小孩后,又要赶到刘雨田父母的家里,帮助两位老人洗衣做饭,收拾房子。日子久了,刘雨田与宋成健离婚的消息终于传到了两位老人的耳朵里,两位老人流着泪紧紧拉着宋成健的手说:"你是我们的亲闺女,永远是我们家的好媳妇。"宋成健用微笑宽慰着两位老人。

2002年3月,刘雨田悄悄回过一次乌鲁木齐,他悄然来到了那个离婚15年的"家"的楼下。此时此刻,他对这里既熟悉又陌生。他站在楼下,望着那间屋子,屋子不足50平方米,却曾经装载过他的甜蜜和幸福。多少个夜晚,他与家人温馨地在一起,享受亲情,享受快乐。如今这屋里的她怎样了呢?生活过得去吗?身体还好吗?站在楼下,他久久地徘徊,久久地望着楼上小屋的窗户。天黑了,夜也渐渐深了,小屋的灯怎么一直没有亮起来?走近楼房,向人们打听,终于知道她病了,住进了医院。第二天,他找到医院。他的出现,使宋成健感到突然和惊愕,她要坐起来,刘雨田急忙上前扶住她,让她躺在床上。然后,他坐在床沿,坐在她的身边,深情地望着她,问她的病情……他和她都沉默,久久地沉默,他在她身边坐了半个多小时,没有说一句话。

第二天,他孤身一人,又漂泊走了。很快他回到北京,在郊区僻远的山坡树林子里,他孤身一人躲在一间草屋里,潜心地整理他的日记、照片及探险经历中的许多资料。有许多中外出版社,在向他洽谈有关出书的事项。在这期间,宋成健的身体得到一些恢复后,来到北京看望他,帮他洗衣、做饭、料理力所能及的事务。

带着无尽的伤痛，他漂泊着向远方

在北京逗留了短暂的一段时间后，刘雨田悄然离去，走向无人知晓的漂泊之路。他曾用低沉的语言对朋友说：活着真好，生活真美。但是欢乐和繁华挽留不了他，他向往的是那新的世界，那些无人知晓的世界。

救援阿富汗, 中国车队长
在巴基斯坦的生死谈判

本着发扬人道主义精神, 中国政府向阿富汗无偿提供价值 1400 万元人民币的紧急救援物资, 救助在水深火热中的阿富汗难民。

39 辆集装箱车, 56 位工作人员历经艰难险阻, 几度在生死线上徘徊, 成功地完成了任务。

紧急任务

"九一一"恐怖事件后, 美英等国宣布对阿富汗恐怖分子实施打击, 阿富汗战火弥漫, 大量难民开始外逃, 主要逃往邻国巴基斯坦。阿富汗的难民潮引起了全世界的关注。就在这时, 中国政府宣布将向阿富汗难民无偿提供价值 1400 万元人民币的紧急救援物资。

10 月 7 日, 这项紧急任务迅速落到了新疆, 具体的运送任务由中国外运(集团)新疆公司和另外一家运输企业负责完成。

消息传来, 中国外运(集团)新疆公司的总经理兼党委书记袁建民既兴奋又不安。作为这次负责运送任务的车队负责人, 深知此次任务的重要意义, 也感受到肩头上沉甸甸的分量。离开祖国, 驾车跨越 3000 千米到炮火纷飞的阿富汗, 更令家人为之担心不已。由于任务太紧急, 袁建民便委托新天国际经贸股份有限公司外贸公司在最短的时间内完成了采购、组货、商检、海关检查等几项任务, 10 月 21 日, 袁建民率领 55 位工作人员, 分驾 39 辆满载着集装箱的大卡车正式出发了。

从乌鲁木齐到与巴基斯坦接壤的红其拉甫口岸, 有 1800 余千米, 车队沿着中外闻名的古丝绸之路, 绕着塔里木盆地, 经库尔勒、库车、阿克苏、阿图什、喀什等地,尽管行程遥远而艰辛,但是救援车队日夜兼程,只用三天时间便到达了红其拉甫边境口岸。袁建民曾经担任过红其拉甫口岸管理委员会主任,对这里了如指掌:红其拉甫意为"血谷",地势险峻,是昔日盗贼出没之地,电影《冰山上的来客》里的故事,便发生在这雪山冰谷之中。

因为战争的关系,红其拉甫口岸早已封关,为了这支特殊的车队才重开国门。边防武警官兵、海关工作人员、公路交通职工都行动起来,为车队迅速办理出境手续,清扫道路障碍,车队顺利地出关了。

此时风雨交加,给车队的行进带来了极大的困难。车队进入崎岖的山路后,道路更加险峻,公路盘旋在海拔 4000 米 ~5000 米的雪山峻岭之中,空气越来越稀薄,加上风雨越来越大,道路变滑,一边是峭壁,一边是悬崖,每辆载重 30 吨的卡车在经过弯道时几乎都是擦着山体而行,这使得司机每时每刻都必须小心翼翼。10 月 27 日,车队到达巴基斯坦北部的交通重镇吉尔吉特。

在吉尔吉特,中国车队受到了最高级别的欢迎。巴基斯坦北部地区特种部队指挥官迪甫先生特地在指挥部请袁建民检阅仪仗队,并授予袁建民"北部地区特种部队名誉指挥官"牌匾;警察总监木北法尔也举行盛大的欢迎仪式。他们说,中国是巴基斯坦友好邻邦,中国人民是巴基斯坦最忠诚的朋友。

一切似乎都很顺利,但意想不到的战事发展却使车队陷入了困境。

绝境中的生死谈判

当时正是美英轰炸阿富汗最为激烈的时刻,由阿富汗塔利班组织控制的巴基斯坦北部的一些宗教和部落势力为声援塔利班,为抗议美国对阿富汗进行的军事打击,以及抗议巴基斯坦政府为美军提供军事基地,采取了武装集结的强硬军事手段,成为巴基斯坦北部颇有实力的一支武装力量。

他们先后占领了齐拉斯地区的机场、加油站、监狱,并释放了 1000 多名重刑犯,缴了前来劝阻的 40 多名巴基斯坦政府军人员的枪支;同时,在巴基斯坦北部地区和西北边境省交界处炸毁了部分山头,武装占领了公路和周围的一些制高点,用巨石设置了路障,许多地段还埋藏了地雷,特别是在本来就危险的悬崖峭壁上埋设了炸药——这里几乎成为一个"死亡区",不经他们的同意,任何人和车辆都别想通过!

这支宗教和部落势力的军队由 60 多岁的宗教领袖阿米尔担任首领,当中国车队到达时,弯曲的公路上已有 1200 多辆运送燃油及液化气的卡车受阻,滞停在数十千米的公路上。

面对这种严重的局面,巴方政府调集部队,试图要消灭这股势力。但是,军事行动因为区域战争的变化和国际形势的复杂化而停止了。无奈,中国救援车队只好在吉尔吉特镇等待了五天。在这期间,尽管北部地区政府、议会、警署、商会先后对中国车队进行慰问,送来了肉食、蔬菜、水果等,但环境的恶劣还是让全体工作人员非常苦恼。

在这非常时刻,带队的几位领导要求车队职工坚持 24 小时不离车,做到车在哪里,人就在哪里,严格照看好每一辆车上的物资,仔细检查每一辆车的车况,随时准备出发。吃饭就用自己携带的简易锅灶就地做饭。时间又过了两天,巴方政府、军方、警方先后多次协调,都未能奏效。这时,巴方官员建议,可以把物资卸在吉尔吉特,中国车队先回国,等路通后再通过其他方式进行运输和交接。

面对如此特殊的情况,袁建民和几位带队的领导感到非常为难,经商议,还是回绝了巴方的建议。大家一致认为:这次行动是国际关注的大事,关系到中国政府的尊严和信誉,更何况,严冬即将来临,阿富汗难民对救援物资如久旱盼甘霖,哪怕再有千难万险,也一定要把中国的救援物资及时完整地送到难民手里!

这时,袁建民向巴方提出一个令人大感意外的要求:他要面见那支宗教和部落势力的军队首领,和他进行一次谈判!经不住再三要求,巴方政府通过第三渠道的疏通和联络,终于使袁建民获准与那支势力的二号人物纳提夫见面。

但是,这位头目首先声明:只见袁建民一个人,不允许他带任何随员。这等于把头伸进老虎嘴巴里啊!所有的人都沉默地看着袁建民,袁建民一咬牙——去!

袁建明终于见到了二号人物纳提夫。这位 50 多岁的宗教领袖不但身挎手枪,而且身前身后还站着几名卫士,不过,他对袁建民还是比较友好了。在会谈中,袁建民反复讲述中巴两国的友谊,讲述中国的人道主义精神,晓之以理,动之以情,经过几轮唇枪舌剑的辩论,终于说服了纳提夫。

会谈中,这位宗教领袖透露,如果巴基斯坦政府军队开火镇压他们,如果袁建民不出面和他会谈,他们原准备要劫持这支来自中国的救援车队!

会谈结束后,为了验证中国车队此行的目的,纳提夫还亲自下山,到吉尔吉特现场考察一番,最后才下达指示:开路。但只让中国救援车队通过!

眼看大功告成,纳提夫的一句话又让所有中国人的心提了起来:车队到达前方的齐拉斯后,袁建民必须再单独会见一号人物阿米尔。只有阿米尔点了头,中国车队才能真正地通过这个“死亡区”。袁建民心一紧:原来,真正的考验还在后头啊!

纳提夫连夜动员他们的信徒搬开石头,撤掉炸药和地雷。11月3日凌晨,滞留七天之久的车队终于得以继续前行。

当晚10点左右,车队到达齐拉斯后,袁建民很快被请进一辆神秘的小车,在黑夜中行驶了40多千米,来到一个山沟的帐篷前,几个荷枪实弹的武装人员押着他下了车。这时袁建民看到,帐篷周围不但架着几挺机枪,而且在山坡上还架着重型炮。在几位宗教信徒的带领下,袁建民来到一号人物、宗教领袖阿米尔面前。

阿米尔尽管已是一位60多岁的老人,但身体健壮,又密又长的胡须几乎遮住了整个嘴唇和半个脸。他目光炯炯,冷漠的神情中透着威严。袁建民走进帐篷时,阿米尔正坐在一把高背的旧椅子上,鹰一样的眼睛紧紧盯着袁建民,腋下挂着一支手枪,枪套不时露在长衫的外面。紧挨着他身后,左右两边各站着两个又黑又高大的武装人员,每人手里握着一支崭新的冲锋枪,贴在胸前,目光冷酷严峻,似乎随时要扣动冲锋枪扳机。

在压抑和紧张的气氛中,对话生硬地开始了。

阿米尔开口就问:“你身上带有武器吗?”

袁建民答:“没有。我们整个车队都没有任何武器。”

阿米尔问:“你的车队还要往前走吗?”

袁建民答:“要往前走,要把物资送到白沙瓦去,那是联合国难民署指定的地方。你们为什么不让我们通过呢？"

"前面要打仗，一路不安全，你们把东西放下，回去吧……"

"我们不能回去。我们运送的是救济难民的物资，是代表中国政府的。"说到这里，袁建民又巧妙地补充了一句："据我所知，你对中国政府是很友好的。"

"是的，你们中国帮助我们修建了这条公路，我从这条公路到过你们新疆的喀什市，"说到这里，阿米尔的口吻开始松动了，"你的乌尔都语和普什图语都讲得很好，你从哪里学的？"

"我在帕米尔前后工作了 20 多年，当过县长，也当过红其拉甫边境口岸的最高长官，我在巴基斯坦有许多朋友……"

"但现在是战争时期，如果政府军向我们开火，我们就把你们车队扣下来当人质，把你这个长官也当人质！我们没有其他更好的办法。"说到这里，那两个武装人员有意无意地举了举手中的冲锋枪。

袁建民说："你不该这样做。我们两国是友好邻邦，你是很有威望的宗教人士。阿富汗几百万难民等待着这些救援物资。那都是些与战争没有一点关系的无辜的妇女、老人和小孩啊！他们等着我们去救援，难道他们不值得你同情？"

这段情真意切的话让阿米尔陷入了深思，良久才说道："那你们能不能把物资送到支持塔利班的难民手里，那里也有很多可怜的人。"

"我们没有这个权力。我们是按照国际惯例，把物资送到联合国难民署，由他们再作分配的。"袁建民微笑着回答。

"请你不要误会，我始终认为，中国和我们巴基斯坦是友好的。"阿米尔的口气再一次软下来了。

袁建民敏锐地乘胜追击，说："是呀，现在全世界救济阿富汗难民的物资都送到了白沙瓦，惟独中国的没有送到，就是因为在这儿受阻了，你不觉得会影响中巴两国的友谊吗？"

……

唇枪舌剑，斗智斗勇，谈判进行了近一个小时。

最后，袁建民终于取得了阿米尔的信任，在他同意放行的那一刻，袁建民长舒了一口气。让人出乎意料的是，告别时，阿米尔，这位声名显赫的宗教一号人物,竟亲自向袁建民赠送了一条手工制作的驼绒披风——这是当地的最高礼节。随后,阿米尔又派人将袁建民护送下山,同时派武装人员把整个车队送出危险区。

就这样,中国车队通过了"死亡区",继续驶向阿富汗。

中国车队周围无数的难民群

离开齐拉斯后,车队风雨兼程,继续赶路。虽然放了行,但前面的道路坎坷破损,没有人清理,车队常常受阻,有时甚至寸步难行。

途经奎斯坦、芒斯尔拉、白夏木等地段时,四周都是悬崖峭壁,一路上石障遍布。车队人员只好一齐动手,清理路障。小的石头用手搬,大的石头捆上铁丝用车一点一点拉到一旁。驾驶员们的衣服被汗水和雨水浸透了,手上都磨出血泡。通过奎斯坦时,公路中间有一块巨石,车队只能沿着公路外侧勉强通过,稍有不慎就会车毁人亡。袁建民看了一遍又一遍,果断地说:"车队一定要通过,大家别紧张,看我的手势。"他在悬崖边用手势指挥,悬崖边的脚下石头随时会松动,下面是万丈深的印度河,头顶上是嶙峋怪石,似乎随时有可能跌落下来。

开始时,车队由技术最好的驾驶员在前方开路,慢慢地通过。突然,一辆车被巨石卡在路中间,动弹不得,几经周折还是毫无办法。最后,车队连夜找到了不远处的巴方驻军,请求炸石,巨石被炸开后,车队才继续前进。

中国车队全体人员锲而不舍的壮举,感动了沿途的巴基斯坦驻军和普通民众。在随后的很多路段,人们手搬肩扛,主动协助中国车队清理路障,甚至那些设置路障的人员也主动提供帮助。在中国车队离开的时候,他们中的很多人虔诚地祷告,为中国车队人员祈福……

11月4日,车队到达白夏木,路开始好走了。11月5日夜,满载着中国政府援助阿富汗难民救援物资的39辆车,经过12个昼夜的长途跋涉,终于抵达巴基斯坦西北边境白沙瓦。巴基斯坦西北边境省的省长专程从首都伊斯兰堡赶回白沙瓦,并组织人员搭建彩棚会场,准备亲自主持物资交接仪式。

白沙瓦地区是巴基斯坦的边境城市。"九一一"事件后,阿富汗战火弥漫,几百万难民涌进巴基斯坦。白沙瓦与阿富汗的一个边境小镇只隔着一条窄窄的马路,军警戒备森严。

出现在中国车队面前的是数不清的阿富汗难民。拥挤的难民,衣衫破烂,血迹斑斑;四处是枪声和炮声,弥漫着浓烈的战争硝烟。中国车队缓缓驶过难民群。袁建民感慨:和平,对一个国家、对一个民族、对每一个人都是多么的重要啊!

望着这些来自中国的一辆辆载着各类物资的卡车,难民们的眼神中露出欣喜和渴望。39辆满载物资的卡车停在显得肮脏混乱的巴阿边境上,每一辆车的车头都插着一面红旗,挂着一幅"中华人民共和国赠送人道主义援助物资"的布标,每一件物资都进行过认真的包装,外包装用中英文题写着:"中华人民共和国赠送"的字样。39辆卡车上,载运的物资包括毛毯、棉被、防水布,还有300多顶每顶可供12人使用的帐篷。这些都是北京、上海、乌鲁木齐等地的工厂专门制作的。

尽管车辆安全到达了白沙瓦,但56位同志全部不敢离开汽车,昼夜轮流值班,不能让物资有任何的丢失。大家提出:人在,就一定保证车在,物资在!因为在离中国车队不远处,便是闻名的白沙瓦走私物资市场。如今,这个大概有两个足球场大的市场已经关闭,成了难民的栖息之地。就在几天前,某国刚运送来的救援物资,遭到难民的哄抢,运送物资的工作人员还被打伤了。

11月6日,在一个专门搭建的帐篷里,中国驻巴基斯坦大使馆官员与联合国难民署和巴基斯坦负责难民事务的代表终于坐在了一起。移交手续完成后,全场响起了雷鸣般的掌声。一位巴基斯坦的官员朝袁建民竖起了大拇指说:"你们这支车队能成功抵达,是中国人的胜利,也是人道主义精神的胜利。中国人,好样的!"

袁建民的眼眶湿润了。

高空王子的情感世界

是骏马不需要皮鞭
有情人不需要媒妁

——维吾尔谚语

喀什是阿迪力的故乡，他携妻子依巴古丽动身离开乌鲁木齐飞往喀什的前夕，我们走进了他的家。他的家在新疆杂技团一幢楼的三层，面积超过 100 平方米。新疆杂技团的住房并不宽裕，但阿迪力作为一名国家一级演员，全国人大代表，新疆首届十佳青年，杂技团及时为他调整了这套房子。阿迪力给房子铺了木地板，购置了一套新家具，挂上维吾尔式的镂空窗帘和门帘。在一些充满民族风情的工艺品中摆放着他众多的奖品、奖杯，包括世界级的创纪录证书，使他的这间新房显得典雅而豪华，充满着舒适和温馨。依巴古丽穿着一件短袖宽松的白色 T 恤衫，T 恤衫的胸部中间印着一幅阿迪力的头部图像。依巴古丽请我们落坐后，沏上热腾腾的散发着维吾尔草药特有淳香的砖茶，倒在小小的金边瓷碗里送到我们手里。她轻巧地忙着、走动着，阿迪力微笑的头像在她胸前晃动。听说我们要拍照时，阿迪力便走过来亲切地搂着依巴古丽的脖子，把她搂在怀里，让我们拍照。

望着阿迪力和依巴古丽相依相偎的幸福笑容，我们的话题自然便从他们的爱情生活开始。

小小药房，他与检察官的女儿一见钟情

1971 年，阿迪力出生在喀什地区英吉沙县包孜洪乡。包孜洪乡距离

乌鲁木齐有将近 2000 千米，处于塔克拉玛干沙漠的西沿，在这个乡情纯朴的穷乡僻壤里，是达瓦孜运动的发源地（达瓦孜，维吾尔语："空中走绳索"的意思）。阿迪力的父辈们都是乡里最有名望的"踩绳索的艺人"。阿迪力 3 岁跟随父亲学空中走踩绳索，是世祖第六代达瓦孜传人。但是他生活连遭不幸，在他 4 岁的时候父亲突然病故，8 岁时与他相依为命的母亲也在一场重病中去世。家中的不幸，使小小年纪的阿迪力意志更加坚定，更加刻苦地在绳索上学艺，不久，他被包孜洪乡"达瓦孜表演队"收留。乡里的条件极为简陋，一条用羊毛和罗布麻拧成的绳子，拴在两棵树之间，手里握着根木棍，便跟随大人走乡串村，无论他们走到哪里，都总是受到乡亲们的热忱欢迎。虽然外面的世界精彩，但是外面的世界却并不了解达瓦孜。阿迪力在长辈们带领下来到内地一座大城市，他们满怀激情地要在这里表演新疆的达瓦孜，宣传新疆的达瓦孜。但是当时一元钱一张的门票，大伙辛苦一天，忙碌一天，全部收入仅仅 280 元，他们几乎是乞讨着回到新疆。但是他们却始终坚信，达瓦孜是一项充满潜力、充满前景、充满希望的维吾尔族民间艺术。经过不懈的努力，它必将被广大群众所接受、所喜爱。

不久，英吉沙县成立专业的"达瓦孜表演队"，阿迪力被选中，从包孜洪乡来到英吉沙县。

英吉沙县是个小县，全县只有一条马路，但这里却以生产银柄英吉沙小刀和一种叫"巴旦木"（能够治疗多种病症的果实）而闻名。

阿迪力从包孜洪乡来到县城，穿上崭新的运动表演服装，加上他三岁开始学艺，经过了十多年的苦学、苦练岁月，踩绳索的技能已经鹤立鸡群，常常被邀请到疆内、疆外参加演出活动，成为小小县城引人注目的一名"帅哥"。1994 年夏天，他完成在我国南方某城市的表演后，回到了英吉沙县。他与几位朋友来到县城的一个小药店，他要买些治愈创口的麝香止痛膏药，柜台里的营业员被突然站在面前的小名人、小帅哥所吸引。这位营业员便是如今他的妻子依巴古丽。当时的依巴古丽清纯美丽，没有去过比英吉沙县更大一点的地方。阿迪力在购买麝香止痛膏药的短短时间里，也被依巴古丽的清纯美丽所吸引、所征服，两人的眼神中似乎都在同时闪烁着什么。小小县城有小小县城的好处，这对正值美妙青春的男女总会不经意的相遇相见到一起。依巴古丽明白阿迪力所从事的职业是一种危险的职业,却常常又被他热情奔放的诚实忠厚所吸引,特别是他对达瓦孜这项事业的深深热爱和执着追求,更是时时感染着她。逐渐,每当阿迪力在县城作高空表演时,在黑压压的观众人群中,总会发现依巴古丽那双美丽的大眼睛在深情地望着他。阿迪力了解到依巴古丽生长在一个很有教养的家庭,她的父亲原来是于田县一个基层单位的检察官,1988 年,当依巴古丽只有 9 岁时,她的母亲不幸去世。她的父亲因工作需要从于田县调到英吉沙县检察院担任检察官,她就这样跟随着父亲来到了英吉沙县。从 7 岁开始,她便先后在汉族小学和汉族中学上学,中学毕业后便当上了医药店的营业员。经过接触,阿迪力感觉,除了那一双会说话似的美丽大眼睛外,依巴古丽还慢慢地成了他的文化教师和汉语教师。两人的恋情是短暂而又幸福的,相识相爱仅仅 17 天,阿迪力和依巴古丽就喜结良缘。

长长的钢丝,紧紧的系着她的心弦,
使她日夜胆战心惊,魂牵梦萦

改革开放后,人们对文体文娱生活渴求的提高,使达瓦孜这一历史悠久又独具民族风采的体育活动被人们日渐关注和知晓,英吉沙县的达瓦孜表演队的活动逐渐走向活跃。阿迪力有了更多的机会走出英吉沙县走出新疆,去表演越来越受到人们欢迎的达瓦孜高空走钢索的活动。随之,阿迪力这个年轻的维吾尔族高空王子,似一颗突然升起的明星,在中华大地闪烁。

阿迪力应邀到上海市,在城隍庙前的广场两座高楼之间作高空表演,不幸从近 20 米的空中摔了下来。尽管这完全是一次意外,不是他的技巧,不是他的粗心,而是因为绳索粗细不匀以及过于干燥造成突然断裂,阿迪力被摔断 5 根肋骨,在医院里躺了整整 6 个月。新婚不久的依巴古丽守护着他安慰着他,不停地流着泪水抚摸着他。每当有人劝他停止这项危险的职业时,他却总是毫不犹豫地说:"我的伤治好后,我还要走钢丝。"

依巴古丽的心白天黑夜地紧紧系着阿迪力。阿迪力在高高的空中走着钢索,她总是一刻不离开地来到现场望着他的一举一动,同时又害怕望着他,特别是突然有了风、雨、雷、电,钢索的微小摆动或是晃荡,都会使她一阵一阵的紧张,一阵一阵的揪心。如果阿迪力在钢丝上出现一点反常的

表现,她会惊吓得蒙住双眼,甚至情不自禁的大声惊叫。

1997年6月22日,依巴古丽陪伴阿迪力来到武汉,在这里,阿迪力成功地完成走钢丝跨越长江三峡,首次创"吉尼斯"世界纪录。阿迪力从此更是名扬四海,他在依巴古丽的陪伴下,跨越湖南衡山,跨越万里长城,获得一项又一项的崭新成就。2002年4月,他在北京市平谷县的金海湖上的高空,生活25天,在钢丝上行走123小时48分钟,远远超过了由加拿大人科克伦创造的"高空生存21天,行走63小时"的世界纪录。阿迪力创造了在高空生活时间最长、在高空走钢丝时间最长两项世界"吉尼斯"纪录。

这是她最提心吊胆的一个月,在回忆这段经历时,依巴古丽神情中至今还透露着一种当时感受到的紧张和惊怕。

依巴古丽沿着天梯攀登到高空纲丝上那间特别的只有6平方米大的小屋,她为阿迪力铺好床铺,整理好他的生活用品以及必备的医药用品,一切整理妥当。她沿着天梯下来,又一次对阿迪力的身体进行检查,给他细心地作了一次按摩。

金海湖数万人齐聚,阿迪力迎着五六级大风攀登上钢丝,开始他的25天的高空生活以及100多个小时的走钢丝的表演技艺。

依巴古丽怀抱着两个小女儿,在高空下望着阿迪力,关注着丈夫的一举一动。并且不时地通过可视电话让女儿和父亲说几句话。她知道,她的出现和两个女儿的出现,对阿迪力是最大的鼓励和安慰。同时,她每天都要在市场上挑选买回最好的牛肉、羊肉、鸡肉和时鲜的蔬菜,为阿迪力加工午餐和晚餐,把阿迪力平时最喜欢吃的拌面和抓饭等饭菜,做好后盛在一个浅蓝色的食罐里,然后从一根装有滑轮的绳索升上高空,升到那高高的小屋里让阿迪力每顿都能吃到她亲手制作的可口饭菜。

几天后,阿迪力开始经受恶劣天气和身体疾病的折磨,曾经被摔断过一次的胳膊旧伤发作,疼痛难忍。又过了两天,他的面部出现神经性浮肿,眼睑水肿,脚底磨出了水泡。依巴古丽焦急地与当地医生一起,为他作电话问诊。在电话里,依巴古丽反复叮嘱他慰抚他,把两双新鞋从吊绳送到小屋里,劝阿迪力换上新鞋。从带回的食罐里依巴古丽发现阿地力的饭量减少了,她便找到医生和营养师一起询问商量,给他调剂更可口的饭菜,并且在每一次进餐时,她把两个女儿抱到电话前,让她们亲切地与父亲说话,阿迪力听到女儿轻柔的声音,情绪好得多了,饭量也增加了。

25天是难熬的,25个日日夜夜是一段漫长的令依巴古丽寝食不安的日夜。阿迪力是个坚强又充满自信心的青年,度过刚开始几天的伤痛,经过十多天的适应和磨炼,他的精神状态逐渐振作,他由每天在钢丝上走三四个小时逐渐增加到七八个小时,最多的一天他在钢丝上走了九个多小时。遇上无风无雨阳光灿烂的日子,阿迪力更显得精神抖擞,会兴奋地表演许多特技。他一会儿在钢丝上睡上六七分钟,一会儿在钢丝上跳舞,一会儿又顺着下坡在钢丝上奔跑几步。观众们瞪大双眼,有的鼓掌有的大喊着劝他别跑别跳。这时最担心的最兴奋的是依巴古丽,她始终仰着头望着钢丝上的丈夫,既为他的顽皮动作而高兴,又为他的安全担心。她情不自禁地为丈夫欢跃着舞蹈着,为丈夫流着欢乐的泪水和担心的泪水。尽管阿迪力听不见她的喊声和笑声,但他有时能在高空上看得见她,便挥着手向她表示致意感谢。

阿迪力完成在钢丝上的25天生活,就要回到地面,依巴古丽又一次爬上高空为他收拾小屋。她抑制着激动和兴奋,又一次沿着那条升向高空的天梯攀登到那间小屋,她要把丈夫从高空接回到地面。高高的蓝天,微风吹拂着她的笑脸,红色的乔其纱头巾在空中飘舞,精神抖擞的阿迪力站在小屋门前伸手把她拉进怀里,紧紧地拥抱着她。25天的日夜只是弹指之间,但两人等待这一刻等得太久太久。依巴古丽竟大声哭了起来,她抱着阿迪力,抚摸着他的脸颊,泪水流在阿迪力的脸颊上。这时,他们才突然发现,高空下数万名观众正在为他们两人欢呼雀跃,载歌载舞,燃放鞭炮,欢呼和鼓掌。于是,两人急忙转身,站在架子上向人群挥手致意,把乔其纱纱巾和维吾尔族花帽抛向人群。

红红的玫瑰,她陪伴着他走过艰难走出大漠,走向辉煌走向未来

在25天难熬的日子里,依巴古丽每隔三天便要给高空小屋送去一大束红玫瑰,让鲜艳的玫瑰陪伴着她亲爱的丈夫。直至阿迪力创造了新的世界纪录,在那一间高空的小屋里,已经盛满了依巴古丽送给他的玫瑰,红红的红玫瑰,使高空小屋始终充满艳丽和温馨。

晃眼之间,阿迪力和依巴古丽已经结婚12年了。两个天真年少的俊男靓女走向成熟走向沉稳,情爱生活也愈加浓淳更加深厚。12 年间,依巴古丽为阿迪力生下两个可爱的女儿,抚育孩子,操持家务,接待各方来客,这些任务都落在依巴古丽身上。稍有点空,她还要帮助阿迪力学习文化,学讲汉语。组织上把她从英吉沙县调到新疆杂技团,职务是"阿迪力助理",负责阿迪力达瓦孜活动的业务内外联系,安排他的衣食住行,因为她当过多年的医药门市部的营业员,有一定的医药知识,很自然地又成了阿迪力的保健医生。阿迪力是个多情重义的男人,他每年都要在新疆贫困地区为各族群众义演。有一次他巡回义演到昆仑山下的于田县,在演出的空隙,他寻觅到几十千米外的乡下找到依巴古丽的奶奶以及母亲的墓地,虔诚地扫墓,同时按维吾尔族风俗敬送祭品,然后,他又跋涉多处,拜访看望依巴古丽的姑妈等亲人,并送上一份礼物。他在做这些事情的时候,依巴古丽事先一点也不知晓,事后,她和她父亲都很感动,觉得阿迪力是个心地善良很懂事的孩子。依巴古丽至今向笔者说起这些事时,神情中还流露出她对阿迪力深深的感情。如今,阿迪力在社会上的知名度很高,成为一名世界知名人物,但是,他和依巴古丽之间依然保持着诚恳和朴实,热情好客,处处谦逊。国内外一些企业集团表示要出高价让他作广告和商标形象,都被他婉言谢绝。仅仅在乌鲁木齐市,便有企业给他赠送房子和小车,但是,这对年轻的夫妻坚持在阿迪力工作的所在单位新疆杂技团,出门办事坐公共汽车或搭乘出租车。

阿迪力对笔者说,他下一个高空走钢丝的目标,是跨越位于美国和加拿大之间的尼亚加拉大瀑布。